当利玛窦遇见紫禁城

WHEN MATTEO RICCI MEET
THE FORBIDDEN CITY

U0132139

重庆出版集团  重庆出版社

图书在版编目（CIP）数据

当利玛窦遇见紫禁城 / 范军著 . —重庆 : 重庆出版社，
2023.9

ISBN 978-7-229-17851-2

Ⅰ.①当…　Ⅱ.①范…　Ⅲ.①散文集－中国－当代
Ⅳ.①I267

中国国家版本馆CIP数据核字（2023）第135299号

当利玛窦遇见紫禁城

DANG LIMADOU YUJIAN ZIJINCHENG

范　军　著

责任编辑：何　晶
责任校对：刘小燕
装帧设计：李南江

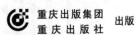
重庆出版集团　出版
重庆出版社

重庆市南岸区南滨路162号1幢　邮政编码：400061　http://www.cqph.com
重庆出版社艺术设计有限公司制版
重庆市国丰印务有限责任公司印刷
重庆出版集团图书发行有限公司发行
E-MAIL:fxchu@cqph.com　邮购电话:023-61520646
全国新华书店经销

开本：890mm×1240mm　1/32　印张：8.875　字数：165千
2023年9月第1版　2023年9月第1次印刷
ISBN 978-7-229-17851-2
定价：56.00元

如有印装质量问题，请向本集团图书发行有限公司调换：023-61520678

目录

序

眼泪之所以为眼泪
阳光之所以为阳光

　　大地上的遭逢，是人与人、人与自然的一种邂逅、碰撞、融合、接纳与相互成全。当然，也包括文明层面的互相激荡与嬗变。

　　遭逢，拓展了人类的生存边界与情感边界。它是一部冒险书，如果从迁徙史的角度看，那些无数他乡与故乡的首鼠两端，已知与未知的交相辉映，丰盈了我们祖先们的眼界与格局。在路上，有多少故事荡气回肠。闯关东、走西口、下南洋，中国人的生存轨迹越过高山，越过江河，越过广阔的平原，将人的体温、汗水、血水覆盖层层叠叠的土地，那些人与自然遭逢的故事，构成了我们祖先的拓荒史和心灵史。

　　所以遭逢首先是无名者之歌。大地上的遭逢，是不计其数的无名者用脚板与性命走出来的生活之歌。

　　闯关东，是因为在大中国的版图上，那些直立行走却又带着鲜明地域与人文特征的祖先对异质文明的闯入与发现，抗拒与融合。这是东北文化和山东、河北汉文化的一大遭逢。

走西口的贡献，在于无数国人的背井离乡、个体生命充满未知感的体验与牺牲，打通了中原腹地与蒙古草原的经济和文化通道，同时加强了游牧文化、农耕文化和中原文化的大融合。这是普通行走者与迁徙者的胜利。"平民史诗"是因为没有平民，便没有史诗。

下南洋，从本质上说是大陆文明与海洋文明的碰撞与融合。是文明间异质性最强的遭逢，对于汉民族眼界、格局的提升，功不可没。

可以说作为这个星球上的灵长类，那些不同族群间百感交集的邂逅、碰撞、融合、接纳与相互成全的故事，正是我们至今热泪盈眶和醍醐灌顶的情感来源。这种种热泪盈眶和醍醐灌顶，让人类情感的唯美性与多元性得到最大程度的展示或者说演绎。

当然，生活之上，比活着更具价值的是文明与人性的层层递进。

遭逢之书其实也是文明之书。它不仅告诉我们文明是怎么来的，也告诉我们文明与人性相辅相成的故事。

孔子与大地的遭逢：鲁定公十三年，孔子已经55岁。为了礼仪天下的目标，他开始了大地上的遭逢，遭逢一个个国君，推销他的世界观与价值观。孔子生命中最后的十八年，以他特立独行的行走和思考圈点了一个民族礼仪文明的最初底色，而孔子的努力也实实在在地在秦汉以降的这个国度得到了追认与尊崇——董仲舒之后，"罢黜百家、独尊儒术"成为中华帝国长久的政治选择。这是孔子与大地遭逢的重要意义。

叶绍翁与他深陷其中的时代遭逢：叶绍翁以天地为师，以人间意境为主旨，试图为他这一代失意的人儿发声、代言。叶绍翁感悟，有时候从极简朴出发，经过人间万象，再回归极简朴，便是一个时代的心声；甚至可以穿越时代，成为人类的心声。而在某年某月的某一天，这样的心声不期而至了：

应怜屐齿印苍苔，小扣柴扉久不开。

春色满园关不住，一枝红杏出墙来。

李白与盛唐诗人的遭逢：李白与孟浩然遭逢在江夏（今武汉）时才28岁，写下《黄鹤楼送孟浩然之广陵》："故人西辞黄鹤楼，烟花三月下扬州，孤帆远影碧空尽，唯见长江天际流。"李白与盛唐诗人们交游唱和，从而写出无数篇流传千古的佳作，丰盈了一颗颗诗意栖居于人间的心灵。

的确，相较于凡夫俗子，这些文化精灵在大地上的遭逢，在一定程度上提升了人类文明的高度，提纯了文化与人性最终可以萃取的品质。所以遭逢无处不在，遭逢创造历史。大地上的遭逢让一切不无可能，让时间成为信使，让过去告诉未来。暴力、情感、阴谋、天真、文明、信仰、改变……都在遭逢之后完成。但是对一个普通人来说，遭逢后的眼泪与感悟便已足够，因为它事关人性，事关对这个世界、族群的爱与信任，事关这个蓝色星球的规则、秩序以及生存哲学。

那是所有美好事物得以存在与延续的基础。是眼泪之所以为眼泪、阳光之所以为阳光的人间信物。

2022年6月

人 文 · 心 香

孔子、老子、李白、苏轼等文化精灵穷其一生的人文修行，在一定程度上提升了中华文明的高度，提纯了文化与人性最终可以萃取的品质。

孔老会及诸子百家

一

在中国思想史上，有一些遭逢是注定要载入史册的。比如王子猷（王羲之第五子）雪夜访戴安道、钟会拜会嵇康、朱熹与陆九渊鹅湖寺雅会，这些哲人雅士的会面都碰撞出了思想的火花，产生出非同寻常的意义。而公元前518年（昭公二十四年）的孔老会，意义尤其重大。

公元前518年，34岁的孔子站在洛邑天空下，看到了东周王城的秩序与规则：南面是圉门，北面是乾祭门，东面是鼎门。每座城门均有三个通道，城内设经、纬大道各九条。中央大道上的王宫富丽堂皇，王宫前面是殿庭，后面是商贸市场；王宫的右侧是神坛社稷，左侧是宗庙祖堂，城南三十里地则是明堂。毫无疑问，他看到的就是王者气派，非天下共主不能居。

但天下共主周敬王当时却活得一地鸡毛。两年前，他父亲周景王去世，哥哥周悼王继位。由于胞兄王子朝攻击并杀害周悼王，晋国攻打王子朝而拥立周敬王，周敬王等于是在刀光剑影中上位的。此后经年，周敬王与王子朝的权力之争并没有结束。而从一个大的时代背景来看，从公元前722年开始的春秋时代，至公元前518年已经过去了204年。一些秩序开始瓦解，一些人事变得诡异。晋楚两国争霸中原，长江下游崛起了吴、越这两个国家。史书记载说，春秋二百四十二年间，有四十三名君主被臣下或敌国杀害，五十二个诸侯国被灭，有大小战事四百八十多起，诸侯的朝聘和盟会四百五十余次。所以鲁国民间知识分子孔子便宿命般地站在了洛邑的天空下，要向老子请教周礼。据《孔子家语·观周》记载，孔子对弟子南宫敬叔说："周之守藏室史老聃，博古通今，知礼乐之源，明道德之要。今吾欲去周求教，汝愿同去否？"南宫敬叔欣然同意。

当时的老子大约54岁，大孔子20岁左右，在东周的国家图书馆任馆长。作为一个思想家，五十出头比三十出头更具智慧。因为三十而立，五十才知天命。老子事实上认为，孔子孜孜以求的"礼乐"要义在当时并无多大价值。因为老子关注的是形而上层面的东西。"人法地，地法天，天法道，道法自然"，不仅道要取法于自然，人、地、天也都要取法于自然，这与海德格尔"此在""存在"的理念殊途同归。

的确，一部《道德经》，讲的是活法问题。在人与自然，人与人的关系面前，怎样才能本真地活着。"我有三宝，持而保之。一曰慈，二曰俭，三曰不敢为天下先，慈故能勇，俭故能广，不敢为天下先，故能成器长。今舍慈且勇，舍俭且广，舍后且先，死矣。夫慈，以战则胜，以守则固。天将救之，以慈卫之。"（《道德经》六十七章）这是老子对"慈"的理解。慈是悲悯，是力量，是老子心心念念的生活观念与信念。"慈"是对自然的回归，是老子哲学的基调和原色。

　　正是在这样的哲学高度上，老子对孔子谆谆教诲：

　　"子所言者，其人与骨皆已朽矣，独其言在耳。且君子得其时则驾，不得其时则蓬累而行。吾闻之，良贾深藏若虚，君子盛德容貌若愚。去子之骄气与多欲，态色与淫志，是皆无益于子之身。吾所以告子，若是而已。"

　　这话是什么意思呢？用白话文来表达，大约是——你所研究的学问，都是已经去世很久的人所言，但是对这些很久以前的人说的话，要活学活用，不可拘泥执着。时运到了，君子应乘时而起；时运未到，任你本领再大且千方百计，仍不为世所用。

　　老子教诲孔子要像善于经商的商人一样深藏不露，做大智若愚的君子，要去掉骄傲之气与妄念，去掉无益于修身的美色与过多的想法。他告诉孔子：一个人如果喜欢议论别人，即使聪明过人和明察秋毫，也只会将自己推向死亡之路；如果总是揭发他人的缺点，即使博学善辩、见多识广，也只会使他身临险境。作为儿子不要以自我为中心，作为大臣也不要唯我独尊，自以为是。

洛邑遭逢，孔子是向老子请教治世之道，老子教导孔子的却是如何做人的道理，那就是要道法自然，遵循玄德，不要妄为，与人为善，做到清静寡欲、内敛、守中。

或许在老子看来，救国之道与救人心之道，其实是两个概念。以血统为纽带的嫡长子宗法继承的"礼乐之制"，最多算救国之道。因为时过境迁，礼制完备的周王室丧失了"天下共主"的地位，领土只剩下洛阳周围一两百公里的弹丸之地。即便这样，周礼也约束不了周敬王与王子朝的权力之争。孔子缘木求鱼，想靠周礼解决春秋乱象，老子就向他提出了与时俱进的建议。老子说："道生一，一生二，二生三，三生万物。"老子还说："大道废，有仁义。智慧出，有大伪。六亲不和，有孝慈。国家昏乱，有忠臣。"

在老子看来，因为人们忘记了"自然""大道"，才提出"仁义"之说；提倡所谓聪明才智，"大伪"就存在其中；亲属之间有了利益相争，才提出"孝慈"教育；国君昏庸、社会动荡，才有所谓"忠臣"出现。老子认为，"孝"本是人类生命伦理道德的重要内容，父母长辈对子女的照顾、抚育和子女对父母长辈的尊敬、亲和、奉养都是来自血缘的"自然"表现；转化为孔子所强调的宗法伦理道德中的"孝"之后，其实是主张恢复周礼标准的血统宗法制度，其结果便是缺失了"社会"的内容。老子提出要"老吾老，以及人之老；幼吾幼，以及人之幼"，他心目中的理想国是"小国寡民。使有什伯之器而不用；使民重死而不远徙；虽有舟舆，无所乘之，虽有甲兵，无所陈之；使民复结绳而用之。甘其食，美其服，安其居，乐其俗。邻国相望，鸡犬之声相闻，民至老死，不相往来"。

这样的遭逢或者说思想碰撞深具意义。因为它是站在中国思想文化史由卜巫的宗教迷信文化向以人为中心的理性人文文化历史转型时代所做出的重要回望与反刍。是对周礼的重新打量与评估。周礼作为礼乐制度，既有祭祀、朝觐、封国、巡狩、丧葬等国家大典，也有如用鼎制度、乐悬制度、车骑制度、服饰制度、礼玉制度等的具体规范，它规定了社会中人必须遵守的一种行为尺度，也规范了秩序与情感。这是孔子所景仰的"郁郁乎文哉"的礼乐文化。以职官为例，《周礼》细分为六类职官，《天官·大宰》谓之"六典"："一曰治典，以经邦国，以治官府，以纪万民；二曰教典，以安邦国，以教官府，以扰万民；三曰礼典，以和邦国，以统百官，以谐万民；四曰政典，以平邦国，以正百官，以均万民；五曰刑典，以诘邦国，以刑百官，以纠万民；六曰事典，以富邦国，以任百官，以生万民。"《天官·小宰》谓之"六属"："一曰天官，其属六十，掌邦治；二曰地官，其属六十，掌邦教；三曰春官，其属六十，掌邦礼；四曰夏官，其属六十，掌邦政；五曰秋官，其属六十，掌邦刑；六曰冬官，其属六十，掌邦事。"其分工大致如下：

天官冢宰，大宰及以下共有63种职官，负责宫廷事务；

地官司徒，大司徒及以下共78种职官，负责民政事务；

春官宗伯，大宗伯及以下共70种职官，负责宗族事务；

夏官司马，大司马及以下共70种职官，负责军事事务；

秋官司寇，大司寇及以下共66种职官，负责刑罚事务；

冬官百工，涉及制作方面共30种职官，负责营造事务。

事实上孔子之所以对周礼钻研有加，就是因为周礼所要解决的是关于尊卑贵贱的区分问题，即宗法制。而如果对礼乐加以细分的话，礼强调的其实是"别"，即所谓尊卑；乐的作用是"和"，即所谓亲亲。有别有和，这解决了社会人内部团结的两大方面问题。血缘婚姻关系组成了周人的统治系统。由宗法制必然推演出维护父尊子卑、兄尊弟卑，天子尊、诸侯卑的等级森严的礼法。这种礼法是隶属关系的外化。反过来，它又起到巩固宗法制的作用，其目的是维护父权制，维护天子统治。谁要是违反了礼仪、居室、服饰、用具等的具体规定，便可视为非礼、僭越。孔子看重的其实就是这一点——周礼作为一系列严格的君臣、父子、兄弟、亲疏、尊卑、贵贱的礼仪制度，目的就是用来调整中央和地方、王侯与臣民的关系，以加强中央政权的统治，这正是孔子孜孜以求的有秩序的社会。

但在老子看来，周礼存在着时过境迁的问题。春秋时期，诸侯称霸，王室衰微。周天子及其诸侯的政治权威走向动摇与衰落。平王东迁洛邑（今河南洛阳）以后，西土为秦国所有。秦国首先称雄，它吞并了周围的一些戎族部落或国家，成了西方强国。接下来齐桓公任用管仲，改革内政，以"尊王攘夷"为号召，多次大会诸侯，周王也不得不派人参加会盟，加以犒劳。齐桓公成为了春秋五霸之首。

齐国称霸中原时，楚国向东扩充势力。由于齐桓公去世，齐国内部发生争权斗争，国力减弱。齐国称霸时的盟国鲁、宋、郑、陈、蔡、许、曹、卫等国家，纷纷转而成了楚的盟国。楚国想称霸中原之时，晋国勃兴起来。晋文公回国后整顿内政，增强军队。公元前632年，晋楚两军在城濮大战，晋军打败了楚军。战后，晋文公在践土会盟诸侯时，周王也不得不来参加，册命晋文公为"侯伯"（霸主）。总之，如果从血缘婚姻关系看周礼的统治基础，它的权力与血缘婚姻关系并没有呈现正相关关系。一切靠拳头说话，父尊子卑，兄尊弟卑，天子尊、诸侯卑的等级森严礼法遇到极大挑战。孔子在这样的时代背景下问道于老子，老子只能跟他谈谈人生、谈谈理想，但是关于千秋不易的治国理念，还是免谈吧。

这是一个学在官府局面被打破的年代，这是一个学术下移、典籍文化走向民间的年代。在老子看来，"圣人无常心，以百姓心为心，善者吾善之，不善者吾亦善之，德善；信者吾信之，不信者吾亦信之，德信。圣人在天下歙歙焉，为天下浑其心。百姓皆注其耳目，圣人皆孩之"。这是老子的"任万物之自然"，不仅爱人，而且要爱一切的人，不管好人，还是坏人。但是孔子说，"克己复礼为仁"。孔子认为"仁"是在"复礼"这一最高理想统摄之下的，不管个人修养也好，家国天下也罢，都应当遵循礼乐制度。

尽管两人的思想理念不同，但这次洛邑遭逢还是很有价值的。一方面，因为老子和孔子都坚持了自己的观念，使得中国的道教与儒教都各具成长的胚胎，有了茁壮成长的支点与路径；另一方面，这次遭逢对孔子的影响更大。据说孔子见完老子回去以后，一直在琢磨老子所说的大道。整整三天，一言不发。孔子的这种状态被《庄子·天运》记载为："孔子见老聃归，三日不谈。"

而且孔子对老子评价很高。《史记·老子韩非列传》记载："孔子去，谓弟子曰：'鸟，吾知其能飞；兽，吾知其能走；走者可以为罔，游者可以为纶，飞者可以为矰。至于龙，吾不能知其乘风云而上天。吾今日见老子，其犹龙邪！'"

孔子说："鸟，我知道它会飞，可是会飞还常被人射下来；鱼，我知道它会游水，可是会游还常被人钓起来；兽，我知道它会走，可是会走还常落了网；只有一种东西，我们不能控制它，它爱云里来就云里来，它爱风里去就风里去，它爱上天就上天，它爱入地就入地，这就是传说中的龙。老子就像龙一样，飘忽不定，难以捉摸。而我只是瓮罐中的一只小小的飞虫啊！"可见，孔子对老子是多么崇拜、佩服。洛邑遭逢后，孔子对自己的学问进行了深刻反思，所谓醍醐灌顶，《论语》中孔子所提出的"用行舍藏""立人立己""讷言敏行""中庸之道"等观点，都隐约可见老子思想对他的影响。

二

如果从更广阔的时空背景去看老子与孔子的洛邑遭逢，我们或许可以看出世事都有前因后果，每一场遭逢都可能开枝散叶、春华秋实的。既起承转合，又柳暗花明。在春秋末年的周敬王四十年（约前480），墨子出生了。虽然先祖是贵族，但墨子却是中国历史上唯一平民出身的哲学家。墨子原为儒门弟子，曾从师于儒者，学习孔子的儒学，但最终他舍掉了儒学，另立新说，在各地聚众讲学，以激烈的言辞抨击儒家和各诸侯国的暴政。墨子逐步形成自己的墨家学派，成为儒家的主要反对派。在代表新型地主阶级利益的法家崛起以前，墨家是先秦时期和儒家相对立的最大的一个学派，并列为"显学"。在当时的百家争鸣中，有"非儒即墨"之称。取法于儒家，最终脱胎而出，孕育出有价值的另一学说，这是墨子与儒学遭逢的意义。就像孔子与老子遭逢，他坚持自己学说的价值，并且有所发展，中国思想史才能别开生面。

与孔老同时代的子产，是郑国贵族，郑国国都（今河南郑州新郑）人。他是郑穆公的孙子，郑简公时（前554）被立为卿，公元前543年到前522年执掌郑国国政，是当时最负盛名的政治家。公元前536年子产"铸刑书"，把自己所制定的刑书铸在鼎器上，开创了古代公布成文法的先例，否定了"刑不可知，则威不可测"的秘密法；提出"以宽服民""以猛服民"的主张。这是法家学派的一个先行者。此后李悝变法在魏国走上富强之路过程中曾做出很大贡献，是中国变法之始。再此后楚国吴起变法、秦国商鞅变法，都在发展着李悝的变法实践，在中国历史上产生了深远影响。特别是商鞅变法，在秦国建立新型的军功爵制，激励士兵奋勇杀敌；奖励耕织，保证了秦国后方粮草充足；制定新法，使得百姓各司其职，安分守己。秦国自商鞅变法后，迅速成为一个强大的诸侯国，为后来统一天下奠定了基础。这或许是法家在春秋战国时代诸子百家中最具现实收获的一个例证。

总而言之，诸子百家或空灵，或实用；或形而上，或形而下；或利在当下，或功在千秋，呈现了思想家们与时代遭逢、与大地遭逢、与异质思维遭逢所收获的点点滴滴。这点点滴滴的收获，打造或者说形塑了早期中国人的性格行为特点，它应当是炎黄子孙心灵图谱的原始催化剂之一。

三

当然，如果从东西方文明的演变或者嬗变史去看老子与孔子的洛邑遭逢，我们或许更可以看出东西方文明在人类文明"轴心时代"不同的演变路径。所谓人类文明的"轴心时代"，是指公元前800至公元前200年之间，尤其是公元前600至前300年间，在北纬30度上下，就是北纬25度至35度区间内，各个文明都出现了伟大的精神导师——古希腊有苏格拉底、柏拉图、亚里士多德，以色列有犹太教的先知们，古印度有释迦牟尼，中国有孔子、老子、墨子……他们各自贡献出的区域文明，堪称人类群星闪耀时刻。

古希腊的古典时代是指公元前5—公元4世纪中叶，是希腊文明最为辉煌的时代。因为它启发了西方世界的民主和科学。雅典的民主政治，可以说是人类文明史上最早的民主政治，现代西方民主政治就起源于此时。另一方面，希腊古典时代也奠定了西方古典哲学的框架。苏格拉底、柏拉图、亚里士多德等几代师徒相承，将理性思维、真理与本质的思想推向了高潮。比如亚里士多德那句名言"我爱我师，但我更爱真理"，还比如他老师柏拉图那部有名的著作《理想国》，都为后来欧洲文明的发展，留下了宝贵的财富和源泉。

古印度的佛陀时代，发生在北印度恒河流域，是当时世界文明最发达的地区之一。释迦牟尼（前565—前486）成为佛陀，创建佛教，传播到中国后才得以真正发扬光大，与中国文化深度融合，相得益彰。这是两大文明的遭逢。

而在古以色列，出现了一批犹太先知。这批先知起自民间，在严重的民族危机和社会矛盾面前，提出内在信仰和道德戒律，形成了以犹太教为先知的传统。该教最终成为他们民族联系的纽带和民族复兴的精神支柱。

古中国则是春秋战国时期，一批思想家、哲学家们的百家争鸣。不妨这么说，春秋末年中华大地上所遭遇的，是从上层建筑到经济基础，再到社会秩序，全方位的崩塌，它带来了人与人、国与国、人与社会、人与自然关系的全面挑战和重建。而百家争鸣就是一次关于社会发展该向哪里去、国家秩序该如何建、人与自然该如何相处等一系列哲学思想的大碰撞，是思想家们为病态的社会，开具个人诊断书的一次思想和学术大讨论，是为当时的社会和国家找路的全新实践。儒家认为，要以"仁爱"为核心，重新恢复周礼，通过礼仪教化，让人们回到理想国。墨家认为，要"兼爱"。"兼爱"就是无差别的爱，社会应该回到没有等级的三皇五帝时期。道家认为不要违背天道自然，应该顺应自然，不要人为干预。小国寡民，各过各的。法家认为要建立以王权为核心的中央集权和王权独裁社会！

虽然百家争鸣各说各话，但是多元的思想文化，却以孔老会为起点，丰富了中国人共同的文化基因，并在千百年后成为我们的心灵图谱与集体人格——这是中国人在"轴心时代"对人类文明做出的特殊贡献，意义不可谓不重大。

孔子：大地上的行走

在历史长河中，十八年时间意味着什么呢？

鲁定公十三年，孔子55岁。在官场上郁郁不得志的他在这一年出走鲁国，开始了其"老来漂"的危险旅程。从55岁出走到73岁归寂，孔子生命中的最后十八年差不多都在行走中度过。这当然是意味深长的行走，也是一个人对生命质地与家国质地的邂逅与体察。孔子一边行走一边宣道，将一个人与其坚守的信仰及其深陷其中的时代关系演绎得决绝而恩怨交集，令人唏嘘不已……

一切事其来有自。从孔子55岁上溯38年，在其17岁时，孔子对"礼"以及"礼制"产生了浓厚的钻研兴趣。他以为，在礼崩乐坏的时代，只有重塑礼的尊严，才能正本清源，让一切各得其所。当时的孔子并不知道，他的人生况味，他与这个时代的恩怨交集，都从这个时刻开始出发。正是这一想法以及从此想法出发的一系列行动，构成了他此后的全部人生。

从孔子55岁上溯20年，孔子35岁时，齐景王正为一个命题焦灼着：国家这么大，形形色色的人这么多，究竟怎么治理才能走向繁荣富强呢？孔子伸出八个指头，意味深长地说了名垂青史的八个字："君君、臣臣、父父、子子。"这的确是八字真经，因为在此后的两千年当中，此八字成了历朝历代龙椅中人驭人、治国的不二法宝。孔丘先生也因此八字被抬进神坛。

从孔子55岁上溯4年，孔子51岁时，他被任命为鲁国中都地方的行政长官，从而获得了一个实现其"以礼治国"政治实践的平台。鲁国人一夜醒来惊讶地发现，原来养、生、送、死都是有礼节的，天下事，大不过一个"礼"字，礼立了，人也就立了。他们盯着孔子的嘴巴，看见他吐出一句句新鲜的话语，从而知道了如下这些警句格言：

有朋自远方来，不亦乐乎？

见利思义，见危授命。

君子泰而不骄，小人骄而不泰。

君子易事而难说（悦），说（悦）之不以道，不说（悦）也。

君子之仕也，行其义也。

君子和而不同，小人同而不和。

君子矜而不争，群而不党。

君子周而不比，小人比而不周。

君子坦荡荡，小人常戚戚。

在有关君子与小人这些绕口令式的定义中，孔子的礼仪学习班规模越办越大，他甚至希望有人的地方就有礼仪——政权可以有更迭，礼仪当永世长存。孔子希望这个世界是和谐世界。

在接下来的齐鲁两国国君夹谷峰会中，孔子作为鲁定公出访团的重要成员，已位居鲁国大司寇（相当于现在的最高法院院长），承担着护卫鲁定公安全的重要职责。事实上，这并不是一个滑稽的安排，因为孔子除了脸形比较怪异外，身高近一米八，是为"长人"。鲁定公以为，孔子的官职与身体条件，可以保证他在出访期间的人身安全。

但孔子却以为，仅有这些是不够的，重要的是要有礼。在这个世界上，有力可以赢得一时，有礼可以赢得一世。孔子决定和齐景公讲礼。当齐景公要求鲁定公遵守两国盟约的条款，如果齐国出兵打仗的话，作为同盟国的鲁国必须派出三百辆兵车相随，否则就是违约时，孔子一报还一报，他让齐国归还先前侵占的那些鲁国的土地，以实现双方平等、同盟的愿景。所谓礼尚往来，孔子将这个成语演绎得熠熠生辉，让齐景公无话好说，并最终退回了先前侵占的鲁国的土地。

这实在是一次礼的胜利，让礼仪的归礼仪，让暴力的归暴力。孔子在其知天命之年将人间之事处理得游刃有余，是谓尽人事知天命，展示了孔子作为男人成熟圆润的一面。

孔子生命中接下来的一个重要桥段就是那个著名的"堕三都"事件了。"堕三都"是夹谷峰会后孔子再次以礼为矛与礼崩乐坏的世俗社会进行较量的一次尝试。所谓的"堕三都"就是拆毁三桓所建城堡，让国家重新归于大一统，归于"君君、臣臣、父父、子子"的八字真经。毫无疑问，这几乎是不可能完成的任务，因为傻瓜都知道，孔子要拆的哪是三桓所建的城堡，他要拆的是人心和欲望。

这里需要解释一下什么是三桓。季孙氏、叔孙氏、孟孙氏三家世卿，因为是鲁桓公的三个孙子，故称三桓。所以三桓既是人名，更是政治。当时的政治现实是，三桓的一些家臣在不同程度上控制着三桓，孔子强行"堕三都"，其政治处境就变得微妙起来。

最终，城堡牢不可破，孔子所谓人间礼仪、天下秩序，终究在这顽固的城堡面前败下阵来，"堕三都"计划以失败告终。当然，一同败下阵来的还有孔子的理想。他的理想在鲁定公十二年的冬天被历史佬儿发了一张"黄牌"，宿命，给正处于人生巅峰期的孔子一个警告——这样的时代，有理想的人是可耻的，也是危险的。所谓理想，往往会在付出代价之后一无所得。一如他，孔子。

在宿命的阴影下，孔子开始首鼠两端，茫茫然不知所之，直到鲁定公十三年。

鲁定公十三年，鲁国郊祭。很多人都喜气洋洋，因为祭祀后他们都得到了祭肉。但是孔子没有。

孔子伤心了。他当然不是为一块微不足道的祭肉而伤心，而是为即将失去的政治舞台伤心。因为在这里，祭肉代表了鲁国政坛的潜规则：只有祭祀后得到祭肉的人，才有资格继续出任鲁国的官员。换言之，孔子被解雇了。

所以在鲁定公十三年的时候，孔子终于知道了自己的人生方向——他该上路了。

他的漂泊生涯就此开始。这一年孔子已经55岁。在那个寿命普遍不长的年代，孔子的老来漂毫无疑问是一段危险的旅程。这危险不仅仅来自于自然界，也不仅仅来自于他的身体，还来自于他的理想与现实世界的巨大冲突，或者说最主要的是来自于他对这个世界秩序的不妥协以及隐藏其后的脉脉温情。孔子是要改造这个世界而不是破坏这个世界的，但世界却对他充满了敌意，对这个年近花甲的老人充满敌意。世界潮流浩浩荡荡，顺之者昌逆之者亡，势必要裹挟一切人等、一切异端，而孔子，只不过是这个波涛汹涌世界上的一叶扁舟。一叶逆流而行的扁舟而已。

当然，孔子他不是一个人在行走，他的身边还有颜回、子路、子贡、冉有等弟子。

这是一批殉道者，这批殉道者为了那个遥远的乌托邦理想再现混乱的人间，一路进行着无望而又坚决的抵抗和说服。不错，礼仪世界在鲁国的实践是失败了，但并不意味着理想的破灭。因为在这个世界上，有担当才知进退，有激情才懂固守，这些人最终将自己走成了志同道合者。

应该说这些人放在世俗社会里，无论哪一个都是极其优秀的人才。孔子自己就不用说了，说说颜回吧，这个比孔子小三十岁的男人其父子两人都是孔子的学生，他的父亲颜路也是孔子七十二门徒中的佼佼者。颜回的优秀品德有两个，一是忠，二是德。他追随孔子周游列国，忠心耿耿那叫一个生死不渝。事实上这不是对某一个人的忠诚，而是对信仰的忠诚。颜回和孔子一样，都打心眼里相信，人间大同，只在"礼仪"二字，而他们就是布道者，神圣的布道者，需要以生命打底的布道者。正是基于这样的认识和体悟，颜回的德行就堪称一流了。这个家境贫寒的人一生安贫乐道，却时时刻刻体味着学道的愉悦和布道的幸福。可以说颜回和孔子是忘年交，也是人间知己，所以当颜回四十多岁去世的时候，孔子悲伤得那真叫一个痛何如哉。

子路则比较适合搞政治。这个后来在季氏家做过管家的人很有大局意识，在追随孔子后，子路具体执行了"堕三都"行动，一板一眼显得非常沉稳，后来在随孔子周游列国中，子路也是颇有官运，他客串卫国的蒲邑大夫三年，很有为官一任造福一方的意思。孔子后来评价子路说，蒲这个地方还是小了一点，要是把一个大国交给子路去管理，毫无疑问，结局只有四个字：国富民强。

子贡口才好，凭着三寸不烂之舌在各国间游说、用间，往往能出奇效。他最著名的成功案例是一条舌头说死吴国，从而改变了春秋末期各诸侯国间的战略格局。当然，子贡也适合做理财师，要放在现在，会是一颇有成就的理财大师。子贡善于经商之道，曾经在曹、鲁两国经商，富至千金，是孔子众弟子中的首富。司马迁在《史记·仲尼弟子列传》中，对子贡颇为欣赏。里面有这样一句话："子贡利口巧辩，孔子常黜其辩"，很有青出于蓝而胜于蓝的意思。

孔子就是这样带着这帮人精出发了，第一个目的地是卫国，但是很显然，卫国国君卫灵公并不待见他。虽然卫灵公给了他年薪6万的待遇，可孔子缺乏的依旧是可以实现他理想的政治舞台。要命的是接下来卫灵公对孔子起了疑心，派一个叫公孙余假的人24小时监视他，这让孔子觉得，卫国不是他的福地，而是其人生滑铁卢。在卫国待了10个月后，孔子带着他一帮满腹经纶的有才弟子们在一个伸手不见五指的黑夜逃离了这个小气的国家，准备到陈国去。

历史的无常经常就在于，先给你希望，再给你绝望。孔子最终没能走到陈国去，因为他的长相酷似阳虎，所以走到匡邑这个地方，孔子就被与阳虎有仇的匡人给拘禁了。这是一次令人提心吊胆的拘禁，孔子与他的弟子们失去联系五天五夜，后者担心孔子会一命呜呼，孔子却自信满满。他后来这样对弟子们解释说，周文王死了之后，一切文化遗产不都在我这里吗？老天要是想灭亡这些文化，拿去好了，我也不会再掌握这些文化了，老天要是不灭亡这个文化，匡人也就不会把我怎样。

所谓天人合一的生动诠释，孔子以自身为例将它说了出来。这可以说是危险旅程中的小快乐，是革命乐观主义精神之孔子版。

于是孔子们准备重新回到卫国。这又是一番颠沛流离，因为他们又被劫持了。这一次劫持孔子的是蒲人。被劫持似乎是流亡者的宿命，孔子的弟子们也概莫能外，他们在蒲城被公然叛乱的卫国贵族公叔戍所部关押，动弹不得。当然最后的谈判结果是，只要孔子师徒不到卫国都城帝丘去，他们就可放行。孔子答应了，却是"虚应"，因为在四分之一炷香之后，孔子带着他的弟子们行走在前往帝丘的小道上。子贡对一向重礼的孔子如此作为颇为不解，孔子却给他一个解释。他是这样说的，所谓的礼是平等自愿的，被劫持者可以不讲礼。弟子们听了，茅塞顿开，原来礼也是讲究原则性与灵活性相统一的，呵呵。

孔子可以说是在一路走来一路现身说法。不错，列国没有他的政治舞台，但他却将这段旅程变成了他的政治舞台与演讲舞台。礼仪天下，礼是什么？是当下，是内心，是济世情怀，而不是拘泥小节。孔子一路走来，信手拈来，处处化腐朽为神奇，悠悠然便有大师气象存焉。

鲁哀公二年的盛夏，在卫国已经蹉跎了四年岁月的孔子怀揣理想打包上路，寻找他的下一个礼仪实验地——陈国。他边走边看，竟然看到了这个乱世欲望的最新表现：途经宋国时，宋司马桓魋正一本正经地打造巨型的石椁，希望自己可以永垂不朽。

孔子嘲笑了桓魋的永垂不朽，认为可以永垂不朽的是石椁而不是他桓魋。当然，这种嘲笑是有代价的，那就是桓魋很生气，孔子的后果很严重。就在孔子和他的弟子们若无其事地演练礼仪时，桓魋派人前来砸场了。桓魋以如此粗暴的举动警告孔子：祸从口出，礼仪更不能护身，一切丧家之犬都是没有尊严的。

这时的孔子还真是累累如丧家之犬。因为不仅桓魋这样说，郑国人也这样说。几天之后，受到桓魋恐怖袭击的孔子与他的弟子们不幸在郑国国都新郑走散，这个神情干枯的老人一个人孤零零地站在新郑东门外等候弟子们前来认领。

　　没有人来认领他，来的都是围观者。对其遭遇抱有深切悲悯之情的围观者。这些新郑的围观者不明白这样一个老头为什么会出现在这里而不是在家中安享晚年。孔子也无法向他们解释，他的悲苦与行走都是为他们做出的，他悲悯着他们的悲悯，深切着他们的深切，那是悲天悯人的大情怀啊。

　　只是这样的情怀无人能懂，除了追随他的那些弟子。

　　子贡是在黄昏之时才找到孔子的。有一个比喻句子用得比较好的郑国人在此之前多嘴地对他说：发现新大陆了，哥们。在东门那里站着一个人，嗨，额头像唐尧，后颈像皋陶，肩膀像子产。可腰以下比禹短了三寸。落魄得像个丧家狗。呵呵！

　　这样的描述在孔子听来是很妥帖的。当子贡把这话转告给他之后，孔子自嘲说，可不，我就是一丧家狗啊。

　　鲁哀公三年，孔子六十岁了。所谓六十耳顺，听什么话都不刺耳，这是孔子的一个认识，但他自己也明白，别人说什么不重要，重要的是别人做了什么。

　　很多人都在做，围绕着孔子而做。比如陈滑公。这个小国国君听说孔子来了，住在陈国大夫司城贞子家，他就跑过来向孔子致以亲切的问候和崇高的敬意。但仅此而已，原因很简单：陈国是个小国，经不起孔子的改良实验。陈湣公拉着孔子的手，发自肺腑地说，咱不折腾，不折腾，好好活，好好活比什么都强啊。孔子听了，笑笑，六十耳顺，六十耳顺方可一笑……

当然希望永远是会有的，这一回的希望来自于楚国，楚昭王。楚昭王听说他崇拜得如滔滔江水绵绵不绝的孔子此刻就待在陈国无所事事时，马上就派人礼聘他来楚。同时为了表达自己的诚意，楚昭王还准备封给他７００里的土地。孔子一时无两。

世事如果不出意外的话，孔子的人生将迎来最大的拐点，但世事的无常就在于，意外是必然的。不出意外是不可能的。意外有两个。第一个来自楚国方面。楚国令尹子西认为，楚昭王脑子进水了，为自己培养了一个掘墓人。子西语重心长地抛给楚昭王一系列问题：

"大王派往各侯国的使臣，有像子贡这样的吗？"

"大王的左右辅佐大臣，有像颜回这样的吗？"

"大王的将帅，有像子路这样的吗？"

"大王的各部主事官员，有像宰予这样的吗？"

楚昭王的回答都只有一个：没有。

子西更加语重心长了：大王啊，问题的关键不在这里，问题的关键在孔子手里捧着的礼制啊。礼制是什么，那是洪水猛兽，是画地为牢。大王不妨想想看，我们楚国的祖先在受周天子分封时，封号是子爵，土地跟男爵相等，方圆五十里。现在孔丘讲述三皇五帝的治国方法，申明周公旦、召公奭辅佐周天子的事业，大王如果任用了他，那么楚国还能世世代代保有方圆几千里的土地吗？想当年文王在丰邑、武王在镐京，作为只有百里之地的主，最终能统治天下。现在如果让孔丘拥有那七百里土地，再加上他那些有才能弟子的辅佐，这……这是要楚国的命啊。

楚昭王不响了。他这才明白，孔子手头貌似什么都没有，却什么都有。只要祭出礼制的法宝，孔子就战无不胜攻无不克万岁万万岁。所以，孔子是不能来的，是只可远观不可近用的，再说得好听一点，是可以为万世师表送上神坛的，却不可轻易下来。人间将无孔子，人间永远有孔子。作为孔子的铁杆粉丝，楚昭王念及于此，那真叫一个潸然泪下和难与人言。

第二个意外来自孔子自身。他被困在陈、蔡之间的旷野地带不能够成行了。原来陈国、蔡国的大夫们知道孔子对他们的所作所为有意见，怕孔子到了楚国后被重用，对他们不利，于是派出服劳役的人将孔子师徒围困在半道上，前不靠村，后不着店，所带粮食吃完，绝粮七日，最后还是子贡找到楚国人，楚派兵迎接孔子，孔子师徒才免于一死。

事已至此，孔子几乎看到了自己人生的那些个谜底：他是个早生了五百年的人间异数，在这个不合时宜的乱

世无望地奔走，以为目标就在"下一个"，以为永远会有
"下一个"，却不知"下一个"和"上一个"大同小异，
无甚生趣。就像这个时代，连阴谋都没有什么想象力，
真是乏味之极。

孔子懒得再去一一过招了。

在出走14年后，这个68岁的老人重新回到了鲁国，
鲁国是日新月异的，也是一成不变的。因为鲁哀公对他
仍是敬而不用，孔子唯一能做的，就是著书立说。他是
不想与当下对话和沟通了，他寄希望于后世，孔子开始
整理六经，修《诗》《书》，定《礼》《乐》，序《周易》，
作《春秋》，述而不作，已然有大圣气象了。

公元前481年，孔子在修《春秋》时，有人向他报告
说鲁哀公在鲁国西郊猎获了一只麒麟。这在孔子看来，
是一个不祥之兆。因为麒麟的出现，本应为"仁者之君"
做天下太平的隐喻，而春秋纷乱，是麟不该出时。孔子
为此掷笔而叹说：吾道穷矣！就此终止了《春秋》的编
写；而历史上的春秋时代，也因为麒麟的出现戛然而止。
第二年，也就是公元前480年，一个更加礼崩乐坏的时
代——战国开始了。

第三年，鲁哀公十六年，公元前479年，73岁的孔
子惆怅地停止了呼吸。在他停止呼吸前七天，这个一生
明知不可为而为之的老人对前来拜见他的子贡说："太山

坏乎！梁柱摧乎！哲人萎乎！"（见《史记·孔子世家》），意思是说泰山就要倒了！房梁就要塌了！哲人就要谢世了！说完，老泪纵横。孔子的这番话说得真是既自信又寂寞，仿佛给自己的人生下最后的注脚，令人听了，惆怅莫名。

孔子生命中最后的十八年，他在大地上行走，始终没有遭逢到可以实现他政治理想的明君，但他以特立独行的行走和思考圈点了一个民族礼仪文明的最初底色。

当然孔子的努力也实实在在地在秦汉以降的这个国度得到了追认与尊崇——董仲舒之后，"罢黜百家、独尊儒术"成为中华帝国长久的政治选择。

应该说这是一场错过时空的遭逢。正所谓念念不忘必有回响，孔子十八年春华秋实没有虚度，他将它走成了永恒，走成了中华文明千年不易的大秩序。

李斯:
命运中消失不见的性情与天地

李斯的一生，就是与命运一路遭逢，最终被反噬的一生。那些命运中消失不见的性情与天地，像极了我们每个人最初的理想、打拼、磨合、妥协与自食其果。遭逢，改变了每一个白手起家的奋斗者，似乎结局是命运早已给我们准备好的筹码。"上蔡东门狡兔肥，李斯何事忘南归？功成不解谋身退，直待咸阳血染衣。"一切的一切，都需要在逐一演绎之后才能窥见结果。

一

公元前280年前后，这个世界还好吗？如果用关键词来指代，除了阴谋、杀戮与死亡，是否还有其他意境？

战国末年，秦将白起率军攻赵，夺取光狼城（今山西省高平县西），斩杀赵人三万。随后白起顺汉水南下，攻克郢都，生擒楚怀王。楚国被迫割上庸（今湖北省竹溪东南）及汉水以北部分地区给秦国。战国诸雄的多年厮杀似乎在这一年要见分晓了，秦国很有统一天下的霸气，但其实不然。历史向来讲究的是欲擒故纵——从这一年算起直到公元前221年，秦国真正统一天下，差不多还需要六十年的时间。六十年一轮甲子，时光荏苒，历史在起承转合。一位重要人物李斯刚刚出世，与此同时出世的还有另外三位重要人物，分别是范增、吕不韦和韩非。在这样的历史背景下，这些不同凡响的人相生相克，注定要掀起波澜。

本文的主人公李斯可以说是在一个诗情画意的地方出生的。这个楚国上蔡（今河南省上蔡县西南）人的出生地草长莺飞，有成群的野兔出没，另外，李斯家乡的东门外水草丛生，空气湿润，让人流连忘返。事实上，它是一种矛盾的存在。在风姿绰约的水草里险象环生，如同此时的楚国及各邻国。这位出生于乱世的男人若干年后走在刑场的路上时，曾百感交集地对其儿子感叹："我多想再和你到上蔡东门外牵黄犬逐狡兔，不知是否还有机会？"这些充满意蕴的话，似乎参透了人生的得与失。

李斯的人生张力很足，跌宕起伏一个轮回下来，势大力沉，非常人可以比拟。

现在看来，李斯人生轨迹的第一个拐点源于他的深度思考。走什么样的路、做什么样的人？这个问题或许我们每一个人都曾想过，但李斯不是想，而是深度思考。李斯的思考源于两只老鼠，他曾看到一只在厕所里吃人粪的老鼠，另一只是在仓库里吃粮食的老鼠。前者惊慌失措，骨瘦如柴；后者怡然自得，心宽体胖。同样是鼠，为什么差别会这么大呢？李斯观察后得出的结论是"人之贤不肖，譬如鼠矣，在所自处耳！"一句"在所自处耳"昭示了李斯的命运将是不断变化的。唯有行动才能最终改变命运。此时的李斯只是上蔡县城一个掌管文书的小吏，仰人鼻息，没什么前途好言。在他心里，自己或许与在厕所里吃人粪的老鼠没多大区别，人前人后都谈不上光鲜亮丽。于是改变就从那一刻开始，李斯改变的初衷有逻辑基础、性格基础和欲望基础。在这个世界上，不是每一个人心动之后就立马行动的。李斯后来的人生之所以丰满而立体，在于他从不将人生的起点当作终点，即便许多年之后，从终点再回到起点，但此起点已非彼起点，一切物是人非，斗转星移。李斯恰恰就是这种"我来了，我看见了，我经历了，而结局无所谓"的人。

荀子作为李斯的老师，也是一个一生漂泊的人。荀子的漂泊不仅仅是为了改变自己的命运，虽然在后人的评价当中，荀子的人生要宏大和深刻得多。但至少在李斯拜他为师前，这个儒家学派的代表人物曾经奔走于秦、赵、齐等国家，宣扬自己的政治主张。但乱世中仁术式微。在秦国，荀子建议秦昭王重用儒士，"力术止、义术行"，未果；在赵国，荀子向赵孝成王提出"善用兵者""在乎善附民"的主张，未遂；在齐国，荀子对"女主乱之宫，诈臣乱之朝，贪吏乱之官"的国之乱象提出批评，碰壁。虽然他一度被春申君任命为兰陵令，但对时政的影响实在有限。所以当他五十岁才游学于齐国并出任稷下学宫的祭酒时，其从政之路可以说是坎坷的。这样的坎坷化作人生经验，便是荀子告诫他的学生李斯在毕业找工作时需脚踏实地，不要好高骛远。

《史记·李斯列传》记载，李斯从荀子学帝王之术，有所成就后对恩师如是说："今秦王欲吞天下，称帝而治，此布衣驰骛之时而游说者之秋也……故诟莫大于卑贱，而悲莫甚于穷困。久处卑贱之位，困苦之地，非世而恶利，自托于无为，此非士之情也。故斯将西说秦王矣。"荀子彼时的心情想必是百感交集的，而历史总是惊人地相似。他当年西去秦国碰壁而归，如今学生李斯却要重蹈覆辙。荀子建议他在楚国首都的政府机关里当一名小公务员。而李斯的回答却是"楚王不足事，而六国皆弱，无可为建功者，欲西入秦"。向西的心态不可动摇，在设定目标的道路上，李斯不玩曲线救国，更不肯降低目标，苟且一生。"做一只什么样的老鼠"关系着他的人生质量。他人的经验虽然可以参考，毕竟时移世易，具体情况要具体分析。李斯和荀子此时此刻心态的不同预示着人生道路的不同。荀子授之以道——儒家之道，李斯学之以术——法家之术，这就像一个硬币的正反面，所谓各取所需。

从此，李斯的人生从心动开始行动，凡是和既定目标偏离的干扰因素，都要剔除。公元前238年，荀子逝世。同年，嬴政亲政。这位13岁就被拥立为秦王的人物是当时最大的传说。李斯的机遇隐约可见，可是，他能抓住吗？走近一个人与走进一个人的心里是有本质区别的，初出茅庐的青年李斯能否跨越其中的沟壑？无人知晓。

二

事实上走近秦王也不是一件容易的事，因为李斯欠缺一个合理的身份。李斯到了秦国以后，欲献帝王之术，以什么身份晋见呢？若以布衣之身贸然闯宫，即便见了秦王嬴政，后者凭什么对他言听计从？在这里，机遇问题成为李斯成败的关键。

李斯选择的对策是曲径通幽。先得到秦相吕不韦的器重，再由其引荐，隆重推出，向秦王献帝王之术。所以细究起来，这里存在两个机遇：首先是走近吕不韦的机遇问题，其次才是走近秦王的机遇问题。而李斯在其中分寸拿捏得当，很有一气呵成之感。我们首先来看一看他是怎么走近吕不韦的。

吕不韦当年曾重金资助被质典于赵国的秦王孙公子异人（后改名为子楚），认为其"奇货可居"。事实上这真是一桩眼光独到的投资，吕不韦收获颇丰。因为子楚归国后即位，成为秦庄襄王，他任吕不韦为丞相，封文信侯，食河南洛阳十万户；至太子嬴政即位后，吕不韦更被尊为相国，号称"仲父"。吕对秦王的影响力可以说无人能出其右。其门下食客更达三千人，家童万人。而李斯有何德何能，能够在数千门客中脱颖而出，引起吕不韦的关注呢？

李斯的解决之道是依靠两样东西：一是荀子门生的身份；二是写得一手漂亮的小篆。再加上吕不韦面试时，李斯侃侃而谈，纵论天下大事自成方圆，顺利过关，成为其门下一名舍人（门客）。

当舍人易，出人头地却难。就像毛遂自荐的典故那样，要想鹤立鸡群，非得有大实力不可。李斯进相府后，有两件事做得与众不同，终于引得吕不韦格外关注。其一是修订《吕氏春秋》。《吕氏春秋》是吕不韦著书立说的重要标志，当然具体工作是让门客（舍人）去完成的，内容含八览、六论、十二纪，共二十多万字。工作量不是一般的大，成稿的质量也视门客水平而定。李斯既为荀子门生，擅长纵横之术，又写得一手漂亮的小篆。其工作业绩自然是很突出的。不妨这么说，他领衔修订的《吕氏春秋》起码在文字修辞上无可挑剔。因为吕不韦曾自豪地将修订后的《吕氏春秋》发布在咸阳城门上，又在旁边悬挂一千赏金，号称若有人能增减一字，就给予千金奖励。结果无人能够领走奖金。如此底气和豪气，一大半应来自于李斯的自信及吕不韦对他的赏识吧。

其二是李斯对国政献策，并且一鸣惊人。秦国境内在公元前243年发生严重蝗灾，庄稼绝收，百姓亟须救济，而富户豪门却一毛不拔，坐视朝廷困局。秦王嬴政想采取手段，却不知从何下手。李斯向吕不韦献策说，相国不妨请旨下诏，富户豪门凡交纳粟谷一千石者，可拜爵一级。此谓以爵求利。如此，囤积居奇的困局可解，而朝廷则可用交纳的粟谷救济饥民。接下来的事实证明，李斯的献策是有实效的，当然对他而言，最重要的收获是吕不韦对其刮目相看了，并最终将他引荐给秦王。李斯的第一个机遇至此完美收官。

接下来的机遇是能不能获得秦王的信任，以售帝王之术。如此，说服工作就相当重要了。《史记》记载李斯的说服理由是："昔者秦穆公之霸，终不东并六国者，何也？诸侯尚众，周德未衰，故五伯迭兴，更尊周室。自秦孝公以来，周室卑微，诸侯相兼，关东为六国，秦之乘胜役诸侯，盖六世矣。今诸侯服秦，譬若郡县。夫以秦之强，大王之贤，由灶上骚除，足以灭诸侯，成帝业，为天下一统，此万世之一时也。今怠而不急就，诸侯复强，相聚约从，虽有黄帝之贤，不能并也。"这段话的意思是没有条件的时候要潜龙勿用，时机成熟时要立马抓住，免得错失良机。李斯对错失良机的后果做了如此描述："今怠而不急就，诸侯复强，相聚约从，虽有黄帝之贤，不能并也。"意思是大王您如果犹豫不决，各诸侯国重新强大起来，合纵连横，到时候（秦王）即便有黄帝之贤，也不能统一天下。

　　李斯的"机遇说"既说给秦王听也说给自己听。所谓成大事者能察时机之变，见势而为。如此机遇，秦王抓住了，也便是李斯抓住了。秦王要是不以为然，李斯前面的种种努力也就付之东流。但李斯的高明之处在于他不仅务虚，更务实。因为抓住机遇是个空泛的概念，怎么抓、最后以什么手段达成什么目的才能真正动人心弦。正是在这一点上，李斯提供了他的方法论、他的远见和他对时局深刻的洞察力，也才使秦王真正地信任他，依计而行，并且重用他。

　　李斯的方法论主要有两点。一是"离间和贿赂"，"诸侯名士可下以财者（接受其贿赂），厚遗结之；不肯者利剑刺之，离其君臣之计，秦王乃使良将随其后……"这个很像当年美国的"胡萝卜加大棒"政策，即软硬兼施；二是"远交近攻"，确定"先灭韩，以恐他国"的吞并顺序。李斯建议秦王先攻韩、赵，"此举则韩亡，韩亡则荆（楚国）魏不能独立，荆魏不能独立则是一举而破韩、蠹魏、拔荆，东以弱齐燕"。因为当时六国中韩、魏、楚与秦国接壤，楚国较强，韩、魏较弱。李斯远交近攻、先弱后强的战略部署与当年张仪的合纵连横针锋相对，在秦国已然强大的背景下作为破衡之道，有极强的现实针对性，与此同时对提升秦王统一天下的勇气和信心也有莫大的帮助。李斯的方法论才是真正的务实，才能让秦王化心动为行动，开始有所作为。

　　当然对李斯的人生设计来说，这是浓墨重彩的一笔。所谓机遇改变命运，李斯被秦王拜为"客卿"。客卿居于三公和九卿之间，有崇高的地位。这或许可以称之为机遇成功学，李斯有所作为，在这一点上比他的老师荀子走得更远。但机遇的背后是危机。接下来李斯遭遇了三大人生危机，他能否一一化解？"做一只仓鼠而不是厕鼠"并不是一帆风顺的，这一点李斯深有体会。

三

　　公元前237年，秦王嬴政看李斯的眼神显得阴郁而狐疑。这个他自己一度非常器重的智囊人物因为郑国这个人的出现也变得令人将信将疑。差不多在十年前，韩国人郑国来到秦国，通过吕不韦说服他兴修大型灌溉渠，西引泾水东注洛水，长达三百余里。给出的理由是秦国欲富国强兵、实现天下统一，就需先保证农业丰收，而关中平原没有一座大型灌溉渠确保农田用水，所以兴修水利乃当务之急。当时的秦王没想到这个看上去一脸忠厚的水利工程师其实是韩惠王派来的间谍，替韩国救亡图存来了。因为在此前不久，秦国夺得韩国都城新郑的重镇成皋、荥阳，很有一鼓作气将韩国纳为己有的意思。郑国此来，抱持"疲秦之计"，以说服秦国兴修水利为由，使该国大部分青壮年劳动力都投入到修建郑国渠的劳役中，以此耗竭秦国实力，同时延缓其攻打韩国的时间。韩国苦心孤诣，直让清醒过来的秦王连呼上当，并紧急开展清理门户运动。

所谓"清理门户"便是秦王下令驱除异邦客卿。李斯也在此名单之列。这个来自楚国、师从于荀子的异邦客卿，虽然有些才，可谁知道他心里真正想些什么呢？那些他脑子里嗖嗖冒出来的主意到底是出于真心还是阴谋？无人知晓。秦王可不想再花十年时间来验证一个阴谋的发酵过程。所以，还是一并赶走了事。毫无疑问，这是"城门失火殃及池鱼之李斯版"。李斯这才明白"人在江湖漂，谁能不挨刀"。他的职业生涯迎来了第一次生存危机。如何化解，考验着他的智商和情商。

李斯的应对之策是写信，写《谏逐客书》劝秦王收回逐客令。李斯的这封信先从历史谈起，称"昔穆公求士，西取由余于戎，东得百里奚于宛，迎蹇叔于宋，来丕豹，公孙支于晋。此五子者，不产于秦，而穆公用之，并国二十，遂霸西戎"。摆事实讲道理，雄辩地论述秦国之所以走向强大，靠的就是引进人才，有容乃大。文采不是一般的华丽。紧接着李斯指出秦王逐客——"今乃弃黔首以资敌国，却宾客以业诸侯，使天下之士退而不敢西向，裹足不入秦，此所谓藉寇兵而赍盗粮者也"。告知秦王这是祸国之道，"此非所以跨海内，制诸侯之术也"。在这封信的最后，李斯真诚希望秦王要胸怀宽广，"是以泰山不让土壤，故能成其大；河海不择细流，故能就其深……此五帝三王之所以无敌也"。

　　与此同时，郑国也为自己的行径辩解道，"臣为韩国延数岁之命，而为秦建万世之功"，指出郑国渠并非完全百害而无利，一定程度上削减了秦王对异邦人的恶感。而事实也的确如此，郑国渠建成后，于秦国多有裨益，《史记》记载："渠就，用注填阏之水，溉舄卤之地四万余顷，收皆亩一钟，于是关中为沃野，无凶年，秦以富强，卒并诸侯，因名曰郑国渠。"

　　当然对李斯来说，最重要的是他的命运转危为安了。这是一个由水渠引发的仕途危机，只是李斯的纵横之道实在了得，他旁征博引，内外夹攻，终于让秦王捐弃成见，也为自己赢得了进一步的生存空间。秦王取消逐客令后，重用李斯，封其为廷尉。所谓世事有惊无险，否极泰来，李斯是真切感受到了。

但是，世事难料。公元前233年，天象异常。天王星与海王星合相于双子座18度。这一年，马其顿亚历山大大帝在弗尼吉亚城朱庇特神庙前，面临其人生中的一个重大危机：解开该庙在几百年前由戈迪亚斯王系设计的一个复杂的绳结。事实上亚历山大大帝别无选择。这个冬天他进兵亚细亚，很有要做亚细亚帝王的意图。而天命中出现的这么一个绳结成为考验他帝王资格的试题。身后，成千上万的追随者注视着他，目光复杂。所谓成王败寇，一切尽在绳结中。那么，亚历山大大帝是怎么做的呢？面对这个之前无数人都解不开的复杂绳结，只见他快刀斩乱麻，拔出战剑，一剑下去，绳结应声而断——有时候解决问题的思路并不复杂，只是需要独辟蹊径的眼光和手段而已。

同样是在这一年，李斯的同学韩非死了，死于李斯的特殊手段。韩非之死标志着李斯的又一大人生危机的解除，因为在此之前，秦王对韩非非常欣赏，很有神交已久、揽为己用的意思。秦王曾对李斯这样说："我要是能见到此人，和他交往，死而无恨。"同为荀子的学生，李斯当然能听出秦王话语背后的意思。李斯太明白韩非在秦王心中的分量了。《史记》记载，韩非精于"刑名法术之学"，此人研习慎到的"势"、商鞅的"法"和申不害的"术"，先后写出《孤愤》《五蠹》《说难》等书，在各国君主间流传，颇有当时意见领袖的潜质。秦王就是拜读了他的大作后成为其粉丝的。因此，就帝王之术的精到而言，毫无疑问李斯是自愧不如的。

公元前234年，韩非终于有机会站在了秦王面前。这个机会说起来相当残酷：秦国进攻韩国，韩王不得不起用韩非，并派他出使秦国，以化解危机。由此，秦王见到了这个传说中的人物，而韩非的学问也让他肃然起敬，秦王甚至产生要重用他的想法——李斯的人生危机就此降临。因为相国之位向来跟君王之位一样，是独一无二的。君王之位还讲究个血脉延承，相国之位则完全靠才能说话，并且它也不讲究先来后到——对成大事者而言，谁能为君王所用，谁就是最合适的人选。李斯的危机处理方案，从这一刻起不得不紧急启动。

其实就客观条件来说，韩非有所长，也有所短。第一，他说话口吃，不善辩论。虽然有才，才大多在"肚子"里，不能脱口而出；第二，韩非不懂人情世故，说话容易冲撞人。这与他的贵族出身有关。不懂得看别人眼色，凡事以自我为中心。第三，韩非从韩国来，却在第一时间上书秦王，劝他先伐赵，缓伐韩。其私心昭然若揭。李斯认为，这最后一种情形对韩非来说最致命。他找机会密陈秦王"韩非，韩之诸公子也。今王欲并诸侯，非终为韩不为秦，此人之情也。今王不用，久留而归之，此自遗患也。不如以过法杀之"（见《史记·李斯列传》）。

李斯这话说得滴水不漏，先将韩非来秦的动机定性，是"为韩不为秦"，然后提出解决之道——与其放虎归山，不如不留隐患，"以过法杀之"。只有这样做了，秦王才能成就霸业。但秦王却没有按李斯的建议去做。他似乎在观察韩非的所作所为，以进一步确定其来秦的动机。的确杀一个人是容易的，但韩非这样的大才子如果轻易杀掉，实在是太可惜了。所以不妨做做他的思想工作，如果能转变过来，何乐而不为呢？就此，局势宕开一笔，李斯的危机并没有解除，而时间，实在是对韩非有利——他的确是为其帝王之术寻找实践对象来的，之所以劝秦王先伐赵而缓伐韩，这里面虽有爱国因素的考虑，但更多的还是出于战略布局的考虑——时间会证明韩非的动机是有利于秦国和秦王的。

李斯开始焦灼不安了。危机酿成危局，这是他没想到的。从秦王模糊的态度可以得知，他对韩非还是有期待的。一旦韩非翻盘成功，他李斯将死得很惨。毕竟自己曾在秦王面前进过谗言。所以必须趁热打铁，进一步采取行动。李斯接下来便是借助外力，从侧面进攻韩非。由此，一个叫姚贾的人浮出水面，开始为李斯所用。魏国人姚贾本来和韩非没有什么关系，但韩非给他定性，称其为"世监门子，梁之大盗，赵之逐臣"，实在地说，韩非所指亦是事实。因为姚贾的确出身"世监门子"，他的父亲是看管城门的监门卒，出身卑微，而他本人又在楚、燕、赵和韩四国联合攻秦行动中被秦国用间，最后被赵王逐出境。所以"赵之逐臣"的称谓也算属实。但韩非说这番话是在秦王重用姚贾的背景之下——秦王后来派他出使四国时给予高规格待遇——"资车百乘，金千斤，衣以其衣冠，舞以其剑"，回国后又拜为上卿，封千户。韩非自己尚属考察期却肆无忌惮地攻击秦之重臣，李斯认为这是其自掘坟墓。他马上联合姚贾，给韩非致命一击。

秦王却还想给韩非最后一个为自己辩解的机会。但这恰恰是韩非的短处。在朝堂之上，韩非结结巴巴地说姚贾"以王之权，国之宜，外自交于诸侯"，浪费秦国的金钱，为自己谋利益，又攻击他出身低贱，难当大任。由此，同样出身低贱的李斯充当二辩，为姚贾辩护称，用重金贿赂四国君王是秦之国策，姚贾要是有私心，"外自交于诸侯"，他为什么会在他国卧底三年重回秦国呢？这恰恰是一种忠诚；另外关于出身的问题，李斯提出姜太公、管仲和百里奚等出身都不高贵，但对其所效忠的"明主"可谓殚精竭虑。韩非出身高贵，却不在他的祖国效力，跑到异国他乡来献帝王之术，这样的行为难道是效忠"明主"的表现吗？韩非至此完全目瞪口呆，无力为自己辩护了。他说话口吃，又不懂人情世故，现在被老同学逮住机会狠狠一击，真是百口莫辩。秦王也最终下定决心，将韩非下狱审讯。他的命运就此注定——李斯密派手下给韩非送去毒药，让其自杀。而韩非也别无选择，死在了自己老同学手里。李斯遭遇的这次危机至此完全解除，他坐稳了秦国最高智囊的位置。

李斯人生的第三次危机发生在公元前210年。这一年秦始皇第五次巡行，北归时得了重病，不久就死在沙丘（今河北省巨鹿县东南）。帝国的形势立刻变得微妙起来。

是长子扶苏还是幼子胡亥继位，直接关系到李斯的前程。按秦始皇临死前的本意，是想让扶苏上位。因为他给扶苏发了诏书及符玺，希望他回来参加葬礼。两年前，扶苏被父亲派往上郡（今陕西省绥德县）做大将蒙恬的监军，此刻他并不在秦始皇的身边。这里面实在是有深意的。不是秦始皇不信任蒙恬，也不是他要流放自己的大儿子，而是让他出去历练，之后直接掌握兵权，以便将来可以成就大事。秦始皇其实没想到，自己会那么快离开人世，所以在生命的最后一刻，他向这个远在异地的大儿子发出召唤，希望赶快回来继承大统。

世事在这里变得微妙起来。李斯首先感受到的是一种深刻的危机。一朝天子一朝臣。扶苏跟蒙恬的关系又是亲密无间的。而这蒙恬，实在是帝国重量级的人物。他出身于名将世家。祖父蒙骜在秦昭王时代官至上卿。父亲蒙武是与王翦齐名的人物。出生入死，屡立战功，在灭楚之战中战功赫赫。蒙恬自己也在公元前221年被封为将军，后拜为内史（秦朝京城的最高行政长官），弟弟蒙毅也官至上卿。蒙氏家族可以说是大秦帝国的顶梁柱，而秦军主力多在蒙恬手中。现在扶苏有蒙恬掌握的兵权作倚靠，若实现"扶蒙配"，李斯的相位是岌岌可危的。

最重要的一点是他和扶苏政见不合。李斯主导焚书坑儒事件时，扶苏曾上书明确反对。只因秦始皇支持李斯的行动，扶苏才悻悻作罢。现在扶苏即将上位，他李斯还有明天吗？弄不好就是杀身之祸！在这个意义上说，李斯这一次的人生危机是前所未有地严重。更要命的是，他竟然想不出破解之道。

有一个人为他想出了破解之道——赵高。作为胡亥的老师，中车府令赵高的目标是让胡亥称帝，当然这里面存在两大障碍：首先是如何对付扶苏，阻止他上位；其次是如何对付李斯，将其拉到自己的阵营中来，拥戴胡亥称帝。事实上赵高比较有把握的处置之道是第一个。因为秦始皇准备发给扶苏的信件当时还握在他手里，尚未发出。要不要发，如何发，主动权取决于他。但赵高以为，真正的难点还在其次，也就是如何对付李斯。李斯是在秦始皇时代上位的，他的一切可以说都是始皇帝给的。现在始皇帝死了，留下的政治遗嘱李斯肯定要不折不扣地执行，此谓报恩。所以接下来，赵高的工作重心放在了李斯身上，试图以他为突破口，扭转政局。

面对赵高苦口婆心的劝说,李斯陷入两难境地。他或许觉得这个叫赵高的人实在不懂得如何做思想政治工作。赵高竟然用一连串的排比句质问他——"你的才能是否超过蒙恬?你的功劳比蒙恬高吗?你的谋略能胜过蒙恬?你的声望名誉好得过蒙恬?你与扶苏的私人情谊比得上蒙恬?"李斯听了那真是无动于衷。因为现在问题的关键不是纠结于这些明眼人都知道的表面问题,而是寻求破解之道——既然我们的阵营在诸多方面不如对手,那如何取胜呢?这是其一。其二,扶苏背后站着蒙恬,秦国的武装力量都掌握在对方手里,这是比扶苏个人实力更强大的国家实力。赵高拟让胡亥篡位,从技术手段上问题不大,因为信息不对称。但篡位之后事更多。首先,政局不稳,扶、蒙肯定要"反攻";其次,他李斯的位置就不会动摇吗?未必。多少事,兔死狗烹;多少人,能做到急流勇退?怕是到时候你想退却找不到退路了……历史的经验和教训实在是太多太多,李斯不愿意做这样一个毫无价值甚至是背负骂名的牺牲者或者说是替罪羊,所以他对赵高的回应话语充满敷衍色彩,"安得亡国之言?此非人臣所当议也!""斯,上蔡闾巷布衣也。上幸擢为丞相,封为通侯,子孙皆至尊位重禄者,故将以存亡安危属臣也,岂可负哉?""三者逆天,宗庙不血食。斯其犹人哉!安足为谋……"(均出自《史记·李斯列传》)

但李斯最后还是屈服了，因为赵高使出了杀手锏，说出了如下话语，"君听臣之计，即长有封侯，世世称孤……今释此而不从，祸及子孙，足以为寒心。善者因祸为福，君何处焉？"这便是赤裸裸的威胁了，特别是"祸及子孙"四个字，让李斯不得不对厚黑学的精髓再一次深有体会。不错，扶苏如若上位，对自己的仕途是有影响，道不同不相为谋，但赵高拥戴的胡亥派更是不按常理出牌。不仅拥有合法伤害权，更享有预期伤害权，这是一种透支，透支的不仅是李斯当下的命运，更是他整个家族未来的命运。所以两害相权取其轻，李斯只能做出苟且的选择。《史记·李斯列传》记载："斯乃仰天而叹，垂泪太息曰：'嗟乎！独遭乱世，既以不能死，安托命哉！'"于是李斯不得已听从了赵高。

至此，李斯人生的第三次危机以一种别样的方式化解了。胡亥上位，扶苏、蒙恬相继自杀，他继续做着秦国的国相。或许，在某些花好月圆的时刻，李斯想象着兔死狗烹的故事不会在自己身上重演，自己做出的不是投机而是明智的选择。退一步讲，这其实也是对自己命运的投资，当他将全部身家都押在胡亥、赵高一方之后。那么，世事果真如此吗？李斯这只秦帝国最大的"仓鼠"能否安享晚年？一切还需时间来揭晓。

四

公元前211年，两件事情的发生让当时为国相的李斯心惊胆战。一为陨石事件。在帝国东郡掉下一块大陨石，上刻"始皇帝死而地分"等字眼。当然这块陨石李斯没有亲见，不知真假。只是作为政治流言，这样的消息流传就是凶兆，不可等闲视之；二是百官云集相府事件。

关于此事，《史记·李斯列传》这样记载："斯长男由为三川守，诸男皆尚秦公主，女悉嫁秦诸公子。三川守李由告归咸阳，李斯置酒於家，百官长皆前为寿，门廷车骑以千数。"什么意思呢？意思是说——李斯的长子李由担任三川郡守，儿子们娶的是秦国的公主，女儿们嫁的都是秦国的皇族子弟。三川郡守李由请假回咸阳时，李斯在家中设下酒宴，文武百官都前去给李斯敬酒祝贺。门前的车马数以千计。

李斯害怕了。因为他想到了老师荀子教给他的一个词：物禁大盛。这其实是盛极而衰的意思。李斯感慨自己："乃上蔡布衣，闾巷之黔首，上不知其驽下，遂擢至此。当今人臣之位无居臣上者，可谓富贵极矣。物极则衰，吾未知所税驾也！"（《史记·李斯列传》）"当今人臣之位无居臣上者"实在是自惕之语，李斯也很有居安思危的意识，只是前途叵测，他担心自己不知道归宿在何方（税驾犹解驾，即休息或归宿的意思）！

　　在这个意义上看发生在一年后的李斯在赵高胁迫下拥立胡亥上位的事件，便是相当地意味深长。李斯没有遭遇扶苏、蒙恬的反攻倒算，却遭遇了赵高的步步紧逼。事实上这样的结局他也曾经设想过，同盟军一夜间易为敌手的事在历史上也是屡见不鲜，但李斯以为，他还是有反制之道的。赵高者，中车府令也，职务相当于皇帝的侍从车马班长，在帝国的官职品秩中，只能算是中级官吏，归属太仆（相当于交通部长）管辖，官秩六百石，实在是不多。虽然赵高拥立有功，再给他找一个优点，书法写得也不错，是帝国除李斯外无出其右的人物，但那又怎样呢？李斯不相信这个人会对自己构成威胁。即便新皇帝想让赵高上位，起码得给自己一个下来的理由吧。李斯思前想后，实在找不出这样的理由。

　　但李斯想不到，赵高实在强悍，因为他具备两点李斯没有的。一是策划事件的能力。所谓无中生有、打击报复、为我所用，没事也能给你生出事来；二是信息垄断权。以前李斯和秦始皇沟通顺畅，但新主上位后，这样的沟通权为赵高所独有。没有沟通就没有理解，裁判也无从谈起。李斯一旦有事，赵高落井下石，形势对他实在是不利。李斯首先感受到的危机是秦二世对他生厌，继而起疑心。这其中，赵高就发挥了巨大的作用。首先，他运用信息垄断权总是挑秦二世寻欢作乐时通知李斯进去禀报，要命的是李斯自以为是老臣、忠臣、直臣，一进宫就对秦二世重建阿房宫、大修驰道等奢侈浪费行为提出批评，严重影响秦二世的好心情，招致其厌烦；随后赵高运用他的策划能力，无中生有地向秦二世密报李斯倚功自重，目无君上，招致其疑心。李斯的相位至此岌岌可危，几乎不保。

那么，李斯如何应对呢？历史给了我们一个清晰却又出人意料的答案。堪称以毒攻毒的典范。李斯竟然上《行督责书》，引申不害"有天下而不恣睢，命之曰以天下为桎梏"之名言为秦二世纵情恣欲提供理论支持。他认为"主独制于天下而无所制也。能穷乐之极矣，贤明之主也，可不察焉！"意思是"君主专制天下而不受任何约束，才能享尽达到极致的乐趣。贤明的君主，又怎能看不清这一点呢！"李斯凭着其《行督责书》那些搏出位的话语和理论，向秦二世进媚言，献忠心。以矫枉必须过正的决绝姿态扳回一局，也让赵高大跌眼镜的同时心生寒意：要说做人无底线，李相您是我的老师。

李斯的《行督责书》果然收效显著——秦二世对他再无疑心了。这当然是李斯自保的一个手段，但赵高却曲径通幽，再掀波澜，从另一个侧面入手，寻找打击李斯之道。这一次赵高瞄准的是李斯的儿子——三川郡守李由。公元前209年7月，陈胜、吴广的部队相继攻下大泽乡、蕲县和淮阳，直指李由据守的荥阳，李由发急信求援"贼军十万已到许县，日夜可达荥阳，城内25000名士卒日夜铸兵器，加固城墙，挖拓城河，防哨巡守。无奈兵力悬殊，存粮也只可用数月。望速派兵增援"。这样一封信件被赵高利用了。赵见李由未能取胜，向秦二世落井下石道："丞相长男李由为三川守，楚盗陈胜等皆丞相傍县之子，以故楚盗公行，过三川，城守不肯去。高闻其文书相往来，未得其审，故来敢言。"（《史记·陈涉世家》）这样的一种不确定性实际上是有罪推定，以此请求派人督查李由与农民军相互勾结之事。这里有一个背景还需交代，那就是李由和扶苏、蒙恬的关系。李由虽为李斯之子，却自小和扶苏关系甚好，同在蒙恬手下学习兵法，政治立场十分可疑。如今扶苏、蒙恬已死，父亲处境堪忧，李由将兵在外，会不会和"贼军"里应外合，试图举事？不可疑，也不可不防。赵高从这一层微妙而危险的关系入手，直挠皇帝疑心，直击李斯痛处，李斯自然是辩无可辩。

但还是要辩的。锒铛入狱后的李斯上《狱中上书》，以一种反讽的笔法为自己激情辩白。他说："臣为丞相，治民三十余年矣……臣尽薄材，谨奉法令，阴行谋臣，资之金玉，使游说诸侯，阴修甲兵，饰政教，官斗士，尊功臣，盛其爵禄，故终以胁韩弱魏，破燕、赵，夷齐、楚，卒兼六国，虏其王，立秦为天子，罪一矣；地非不广，又北逐胡貉，南定百越，以见秦之强，罪二矣；尊大臣，盛其爵位，以固其亲，罪三矣……"如是这般为自己邀功摆好的"罪名"李斯列举了七条，他试图绝地反击，为自己谋一线生机。只是李斯没想到，这实在是雪上加霜！因为你李斯既然可以威胁韩国，削弱魏国，击败燕国、赵国，削平齐国、楚国，最后兼并六国，俘获他们的国王，那还有秦王什么事呢？功劳都是你的，天下也都是你的了。所谓功高盖主，本是不可言说之事，现在好了，不打自招。

悲剧就此注定。李斯一生中最著名的三大书《谏逐客书》《行督责书》和《狱中上书》在不同时期有不同的历史推力，在两次救赎了其命运之后终于彻底崩盘、一泻千里。公元前208年7月，李斯被处"具五刑""夷三族"。死前"身具白骨而四眼之具犹动，四肢分落而呻痛之声未息"，惨不忍睹。一个时代的大人物的欲望故事至此惨败收场。李斯的命运曲线先扬后抑，泾渭分明，令人印象深刻，以至于很多年后，唐朝诗人胡曾还感慨万千，为他的墓题诗："上蔡东门狡兔肥，李斯何事忘南归？功成不解谋身退，直待咸阳血染衣。"

真是一声叹息，个中滋味冷暖自知。

公元前134年：
一个书生和政客的遭遇

公元前134年，两个心事重重的男人茫茫然不知所之。他们其实不知道，自己即将迎来一次机会，从而改变历史的走向。这两个男人一个是45岁的董仲舒，另一个是23岁的汉武帝刘彻。之所以说他们俩心事重重是因为两人此前的日子过得都不太顺。22岁以前，董仲舒只是老家广川郡（今河北省枣强县）的一个民办教师，虽然有些书呆子的嫌疑，"三年不窥园圃，乘马不知牝牡"，人却很是敬业，教了不少学生的。六年前也就是武帝建元元年（前140），17岁的刘彻刚刚登基，下诏招"方正贤良文学之士"，董仲舒应诏对策。这是此二人的第一次遭遇。史载：董仲舒对策毕，武帝任其为江都相，事易王刘非于江都——江都在今天的江苏扬州市，董仲舒在这里成为一个藩王的手下幕僚。董仲舒的遭遇其实说明了两层意思。一是他的应诏对策不是很对刘彻胃口，以至于没有留在汉武帝身边加以重用，而是被打发到扬州去——显而易见，在刘彻眼里，当时的董仲舒"卑之无甚高论"，不是他想要的方正贤良文学之士，属可有可无一类；二是为窦太后（汉文帝刘恒的皇后，汉景帝的母亲。刘彻上位前的最高掌权者）所欢喜的黄老之学仍为当时政坛的主流之见。刘彻作为未成年皇帝，不可能在窦太后健在时就开一家之言。所以即便要重用董，也有个时机是否成熟的问题。

　　其实意识形态总是和政治相联系的。建元元年（前140）刘彻起用魏其侯窦婴为丞相，武安侯田蚡为太尉。此二人倾向儒学，便推荐儒生赵绾为御史大夫、王臧为郎中令，开始建元新政。但建元新政很快就流产了。值得注意的是，此次新政流产事件的冲突点在于是否议立明堂上。在古代，明堂是帝王宣明政教的场所，凡朝会、祭祀、庆赏、选士、教学、养老诸典均在此举行。赵、王二人请了他们的恩师申培出山来操作此事。这个在当时颇有名声的儒学巨子对古制非常精通，且极富说服力。在他的影响下，武帝下令"列侯皆就国，以礼为服制"，而矛盾冲突也就这样产生了——窦太后勃然大怒，以孝道问罪汉武帝，迫其废立明堂，下赵绾、王臧于狱，将窦婴、田蚡罢官——从这件事上可以看出，举什么旗、走什么路是至关重要的。所谓议立明堂就是要废黄老之学，重新打造儒教影响。但这件事情办得仓促了些，刘彻刚上位根基未稳就要改弦易张，谈何容易。

公元前135年，70岁的窦老太后与世长辞。刘彻终于迎来他改弦易张的机会。从五年前议立明堂的尝试可以看出，"以儒治国"是刘彻一以贯之的选择。而且就人事而言，上文所述赵、王二人的恩师儒学大师申培就是不二人选，可惜的是申大师在公元前135年和窦老太后同年去世，不过此公追随者甚多，弟子中为博士者十余人，为大夫、郎、掌故者以百数。著名儒家弟子有周霸、夏宽、砀鲁、缪生、徐偃、庆忌等。董仲舒想在此时脱颖而出，几无可能；并且建元元年的遭遇也说明——就儒教代表人物而言，他董仲舒不是刘彻心目中的重要人选。

历史在这里似乎要惆怅地错过这两个男人的第二次遭遇了。但历史毕竟是历史，它总是曲径通幽、一唱三叹。两个男人的第二次遭遇在公元前134年宿命般地到来。这一年，董仲舒向汉武帝提交了他的新儒学纲领。包括"天人合一"说和"天人感应"说，提倡君权神授；包括他首倡的"三纲五常"说。董仲舒认为三纲即"君为臣纲，父为子纲，夫为妻纲"，五常指仁、义、礼、智、信五种为人处世的道德标准。由此他规定了君臣、父子、夫妇之间的服从关系和处世原则，为西汉以降两千年间中国人的人格塑造和行为模式提供基因图谱。当然董版儒教在当时最主要的功能是为汉武帝量身定做一套治国规范或者说执政指南。君权神授说明天子治国的合法性；"三纲五常"说从理论上论证了等级制度的合理性。所有这些都是先秦儒学所不具备的。先秦儒学批判暴政，强调以德治国，并不重视秩序与规范，从而做不到与时俱进，可为当权者所用——在这个意义上说，董仲舒击败当时众多儒学高手脱颖而出，自有他的优势所在。

汉武帝由此确立"罢黜百家，独尊儒术"的国策。按说事情到了这个地步，董作为国策的策划人，应该得到重用，但要命的是，不识时务的他以"天人感应"说为武器，对武帝政治提出很多批判性的意见，如建元六年辽东高庙和长陵高园便殿发生两次火灾，董仲舒将此现象与《春秋》比照后，得出结论称"天灾若语陛下"，让他自我反省。董仲舒始还专门写了一本叫《灾异之记》的书，时刻不忘给汉武帝挑刺。武帝当然不喜欢儒生们经常借天象以示警，跟自己对着干。由此董仲舒再次被冷落。而汉武帝也似乎对董版的儒教失去了兴趣。虽然国策是"罢黜百家，独尊儒术"，他却偏偏重用百家人士。比如汉武帝重用黄老学派的代表汲黯为东海太守；宠幸擅长长短纵横术的主父偃，以及研习杂家学说的韩安国。主父偃因给汉武帝出主意打击诸侯王，一年内得以四次升官。至于熟谙法家思想的酷吏张汤、赵禹、杜周这些人，也靠刑名术得到汉武帝重用——史载他们"以深刻为九卿"，这个"深刻"不是认识深刻而是为官刻薄严苛的意思，这些都是法家中人的行政特点。

不妨这么说，董仲舒和汉武帝的遭遇其实是一个书生和政客的遭遇。书生或许也有一些心机，升级旧版儒教以投其所好，但很显然，政客汉武帝要的其实更多——外儒内法，甚至表儒实法。政客的手段和机心是书生董仲舒远不能提供或者说适应的。这一点正如后来的汉宣帝所一语道破的那样："汉家自有制度，本以霸王道杂之，奈何纯任德教、用周政乎？"所以董仲舒和汉武帝的合作，只能是一种表层或者说浅尝辄止的合作。在被冷落了差不多十年后，元朔四年（前125），董仲舒被任命为胶西王刘端国相，遭遇一如当年事易王刘非于江都，并无多大改进，且4年后他就辞职回家，再也不为汉武帝所用。

　　公元前104年，董仲舒去世了。公元前87年，汉武帝去世。此时，离"罢黜百家，独尊儒术"国策的提出已经过去了47年。在国策三五年一换的那些个年代，这个国策的近50年不动摇已然是个奇迹了。但谁都没想到，奇迹竟然在继续，并且一继续就继续了两千年左右。此后的帝国，不仅继承了董仲舒版的儒家学术，也心照不宣地继承了汉武帝外儒内法，甚至表儒实法的治国理念。说到底，这两个男人的东西最后都留了下来，并且深刻地影响了国人的性格和命运。而他们最初的那些遭遇和分合，放在历史大背景下看，其实都已无关紧要了。呵，历史总是这样的，不经意间鸿泥雪爪，往事不要再提。

盛唐天空下

一

公元744年是唐玄宗天宝三年。这一年发生了一些事情。三月五日，平卢节度使安禄山兼任范阳（今北京）节度使。十二月，唐玄宗对高力士说："我不出长安已近十年，现在天下无事，我想无为而治，把政事委于李林甫，不知如何？"高力士说："天子巡狩是古代传下来的制度。再说天下大权，不可假于他人；威势既成，天下人谁还敢言其不是！"这便是著名的玄宗与高力士论李林甫事件。事件的结果是唐玄宗乾纲独断，李林甫得到重用，大唐政坛渐渐有了一些危险的气息。

在一系列重大事情的背后，发生了一件微不足道的事情：杜甫和李白在东都洛阳相遇了。这一年杜甫32岁，李白43岁，两人相差11岁。这其实是浪漫主义和现实主义的遭逢。天宝元年（742），由于玉真公主和贺知章的交口称赞，唐玄宗召李白进宫，令李白供奉翰林，职务是给皇上写诗文娱乐，陪侍皇帝左右。玄宗于宫中行乐，李白奉诏作《宫中行乐词》；玄宗与杨玉环同赏，李白又奉诏作《清平调》。最终，李白对御用文人生活日渐厌倦，玄宗也对李白"天子呼来不上船，自称臣是酒中仙"的做派看不惯，两人于天宝三年和平分手，玄宗"赐金放还"李白，李白从庙堂重返草木葱茏的民间，一颗诗心开始活泼泼地生长。

当时，和他们一同的还有另一位著名诗人，写出"莫愁前路无知己，天下谁人不识君""借问梅花何处落，风吹一夜满关山"的高适，高适只比李白小三岁，人生心境与况味大致是相同的。这次遭逢，是李白对半生游历生涯的回眸与再出发，李白和杜甫在游玩过程中建立了深厚的友情，这是浪漫主义和现实主义的互相致意，也是惺惺相惜。这样的遭逢从诗学意义上说，是可以产生新鲜意义的。杜甫后来写下很多对李白的思念之作，如《赠李白》《春日忆李白》《冬日有怀李白》《天末怀李白》《梦李白》等，李白也写下《沙丘城下寄杜甫》一诗："我来竟何事，高卧沙丘城。城边有古树，日夕连秋声。鲁酒不可醉，齐歌空复情。思君若汶水，浩荡寄南征。"正是因为遭逢的意义重大，闻一多才在很多年后这样写道："我们该当品三通画角，发三通擂鼓，然后提出笔来蘸饱了金墨，大书而特书。因为我们四千年的历史里，除了孔子见老子（假如他们是见过面的），没有比这两人的会面，更重大，更神圣，更可纪念的。"

二

李白与孟浩然的遭逢，也产生了诗学上的新鲜意义。

开元十四年（726），李白结识孟浩然。李白写诗《赠孟浩然》：

> 吾爱孟夫子，风流天下闻。
>
> 红颜弃轩冕，白首卧松云。
>
> 醉月频中圣，迷花不事君。
>
> 高山安可仰，徒此揖清芬。

这是李白的可爱之处——我崇拜你，就要大声说出来。一向孤傲的李白，在孟浩然面前竟然会以学生的身份向其请教。李白第一次游黄鹤楼的时候，正想提笔赋诗，却见壁上已有诗作，崔颢的《登黄鹤楼》："昔人已乘黄鹤去，此地空余黄鹤楼。黄鹤一去不复返，白云千载空悠悠。晴川历历汉阳树，芳草萋萋鹦鹉洲。日暮乡关何处是，烟波江上使人愁。"李白感慨道："眼前有景道不得，崔颢题诗在上头。"李白回去把这首诗说给孟浩然听。孟浩然也觉得这首诗写得极妙。

此后，李白独自游金陵凤凰台，效仿崔颢的格律，写下《登金陵凤凰台》：

> 凤凰台上凤凰游，凤去台空江自流。
> 吴宫花草埋幽径，晋代衣冠成古丘。
> 三山半落青天外，一水中分白鹭洲。
> 总为浮云能蔽日，长安不见使人愁。

关于这首诗，李白问孟浩然，他这首和崔颢那首比起来，哪首写得好？孟浩然没有做出明确的回答。

直到有一年，李白和孟浩然又来到了黄鹤楼，这一次，李白是为了送孟浩然下扬州。他赋诗一首：

> 故人西辞黄鹤楼，烟花三月下扬州。
> 孤帆远影碧空尽，唯见长江天际流。

孟浩然听罢，长叹一声："崔颢写的是八句诗，你的只有四句。可是你的这四句却胜过了他的八句。你知道吗，你这是赢在了我们二人之间的感情上啊。"

其实，孟浩然和李白的遭逢，在某种意义上都是寻找自己的镜像。孟浩然在《过故人庄》里写道：

> 故人具鸡黍，邀我至田家。

绿树村边合，青山郭外斜。

开轩面场圃，把酒话桑麻。

待到重阳日，还来就菊花。

这首诗，写出了田园牧歌时代文人的理想生活。在大地上行走，修行，体味人与自然的相互依存关系，在这一点上，孟浩然和李白的心灵高度契合，所以他们的遭逢便能够长久，在精神层面上互为营养与欣赏。

三

李白不仅与同时代的诗人相交往，他与普通平民百姓也融为一体，这是一种真善美之交，李白遭逢的是人性之真、人性之善、人性之美。

唐代的汪伦住在安徽泾县桃花潭边。他慕李白之名，写信约他来泾县做客："先生好游乎？此地有十里桃花。先生好饮乎？此地有万家酒店！"但李白到泾县后并没有看到十里桃花和万家酒店。汪伦跟他解释说："所谓十里桃花者，乃地名桃花潭也；万家酒店者，酒店主人姓万也。"汪伦对其极尽地主之谊，日日以美酒招待，并陪同四处游览。李白感其心诚，和汪伦结下深厚的友谊。临别时，汪伦不忍他离去，踏歌相送。李白情不自禁作绝句《赠汪伦》：

李白乘舟将欲行，忽闻岸上踏歌声。

桃花潭水深千尺，不及汪伦送我情。

这是真正的为人民写作，为淳朴的劳动人民情感写作。这样的遭逢，提纯了李白的情感，打造了"人民，只有人民才是诗写的纪念碑"这一写作观。

除了汪伦，李白还为老妪写诗：

我宿五松下，寂寥无所欢。

田家秋作苦，邻女夜春寒。

跪进雕胡饭，月光明素盘。

令人惭漂母，三谢不能餐。

李白这首诗的写作背景是他在安徽铜陵游玩时，住宿在一个老太太家里，老太太给他做晚饭吃。老太太是专门给别人洗衣服来维持生活的。李白看见这碗饭，想到农民们生存不易。"田家秋作苦，邻女夜春寒"颇有"谁知盘中餐，粒粒皆辛苦"之感。而"令人惭漂母，三谢不能餐"，是李白感恩于大地，感恩于人民的表现，是"安能摧眉折腰事权贵，使我不得开心颜"之后，真正将人民放在心中最重要的位置上的感慨万千。这或许是李白遭逢底层人民的重大意义。他的诗写得更加贴地气，他的人生况味也更加沉着、静气凝神。

四

有一个旗亭听唱的故事，讲述了诗歌遭逢人民大众，最终广为传唱这样一个结果。

说开元时代（713—741），王昌龄、王之涣、高适三个人，到旗亭沽酒相酌，赏玩雪景。有一些歌伎在那个地方唱歌，弹琴唱歌。王昌龄说："我们三人齐名诗坛，难分高低。今天，大家注意伶人所唱，谁的诗被采入歌曲最多，谁就获得优胜，怎么样？"高适、王之涣都欣然赞同。

一个歌女启齿歌唱：

> 寒雨连江夜入吴，平明送客楚山孤。
> 洛阳亲友如相问，一片冰心在玉壶。

王昌龄笑了。这是他的《芙蓉楼送辛渐》。

另一个歌女启齿歌唱：

> 开箧泪沾臆，见君前日书。
> 夜台今寂寞，犹是子云居。

高适说，这是《哭单父梁少府》，他的诗歌入选了。

紧接着第三个歌女启齿歌唱，唱了王昌龄的一首宫苑词：

> 奉帚平明金殿开，且将团扇共徘徊。
> 玉颜不及寒鸦色，犹带昭阳日影来。

王之涣坐不住了。王昌龄都有两首诗入选了，他却一首都没有。没想到座中最漂亮的一位歌女站起来唱道：

> 黄河远上白云间，一片孤城万仞山。
> 羌笛何须怨杨柳，春风不度玉门关。

这是王之涣的诗《凉州词》。盛唐天空下，三位诗人的诗歌都得到了传唱，这或许才是意义最为重大的遭逢——艺术深入民间，脍炙人口。诗歌的生命力旺盛而绵长。

066

苏轼的黄州

　　苏轼二十岁进士及第，策论文章《刑赏忠厚之至论》深得主考官欧阳修的赏识。此后他声名大噪，每有新作问世，立刻就会传遍京师。苏轼最初的仕途也一帆风顺，先后在凤翔、杭州、密州、徐州、湖州等地任职，大好前程呼之欲出。

　　仕途上的春风得意，其实是不接地气的。而大地上的遭逢，在苏轼身上得以演绎，是因为他在43岁这年遭逢了黄州（今湖北黄冈市）。当"乌台诗案"爆发，一个以文章名世的人在仕途上遭遇不公时，黄州既是他的归宿，也是其涅槃重生的出发点。

　　一切在元丰二年（1079）悄然改变。这一年，苏轼调任湖州知州。上任后，他给皇上写了一封《湖州谢上表》，内有"愚不适时，难以追陪新进""老不生事，或能牧养小民"等敏感文字，由此"乌台诗案"爆发。

　　乌台，指的是御史台，因其上植柏树，终年栖息乌鸦，故称乌台。从这个案名来看，苏轼是被御史告倒的，惹祸文章便是《湖州谢表》。

一个天真的文人，在仕途风浪面前，终于翻船落水。他坐牢103天，几次濒临被砍头的境地。出狱后，被降职为黄州团练副使（相当于现代民间的自卫队副队长）。

遭逢，人与大地的遭逢，一个仕途失意者与山水人文历史的遭逢，实际上会别开生面，产生很多新鲜的信息与情感的。从文明史的角度来说，这是一个人的新鲜经验，同时也是这个星球众多文明浪花的一朵。真可谓惊涛拍岸，卷起千堆雪，而苏轼则是其中一朵无辜的浪花。

世上事无非转圜。亲近山水、访僧问道，黄州山水意外成全了苏轼。从此，不仅仕途起落他不再萦绕于怀，即便文章格局，也顿显天翻地覆之变。

那么，苏轼在黄州的那场人生修行，究竟修行了什么内容呢？

黄州的那场人生修行，首先丰润和圆满了苏轼的人格力量——他终于进退自如、宠辱不惊了。苏轼写词，开始追求壮美的风格和阔大的意境，从而一举改变了当时"诗尊词卑"的文学观。

苏轼将传统的表现女性柔情之词扩展为表现男性的豪情之词，将爱情之词扩展为性情之词，使词像诗一样可以充分表现作者的深沉情感和人格个性。这是一种超脱。个人的仕途浮沉不再是他的关注重点，体察大地，体察时空流转中人之所以为人的真正秘密，成了苏轼词脱颖而出的力量源泉。并且，苏轼的词体解放精神直接为南宋辛派词人所继承，形成了与婉约词平分秋色的豪放词派。

他终于超越了同时代的大多数词人。

在散文或者说赋体方面，黄州的那场人生修行同样让苏轼受益匪浅。黄州对于孤身前来的苏轼来说，是一个巨大的时空容器。多少前人的、他人的人生实践与生命哲思，给了在黄州修行的苏轼以巨大启迪。不妨这么说，黄州的人生修行让苏轼从具体的政治哀伤中摆脱出来，开始重新评价和寻找人生真义。

这是醍醐灌顶。黄州没有晨钟暮鼓，苏轼却分明天天听到晨钟暮鼓的声音，他被当头棒喝了，否则怎么写得出《赤壁赋》和《后赤壁赋》这样的名篇呢？

《赤壁赋》写于元丰五年七月十六，是流放黄州三年后，苏轼"与客泛舟游于赤壁之下"，写出的一篇百感交集的赋文。我们来看《赤壁赋》里这样的一段内容：

　　少焉，月出于东山之上，徘徊于斗牛之间。白露横江，水光接天。纵一苇之所如，凌万顷之茫然。浩浩乎如冯虚御风，而不知其所止；飘飘乎如遗世独立，羽化而登仙。于是饮酒乐甚，扣舷而歌之。

　　毫无疑问，这是一种空灵。是摆脱了仕途浮沉算计之后，一个纯粹的文人对大自然的体察与和解。他是与自然共情，与宇宙精神同往还，很有庄子逍遥自在之意。
　　同样动人心魄的文字，在同年秋天写就的《后赤壁赋》里也跃然纸上：

　　　江流有声，断岸千尺，山高月小，水落石出。070曾日月之几何，而江山不可复识矣！予乃摄衣而上，履巉岩，披蒙茸，踞虎豹，登虬龙，攀栖鹘之危巢，俯冯夷之幽宫。盖二客不能从焉。划然长啸，草木震动，山鸣谷应，风起水涌。予亦悄然而悲，肃然而恐，凛乎其不可留也。反而登舟，放乎中流，听其所止而休焉。

　　在苏轼看来，生命其实是一场狂奔。只有黄州，只有赤壁才可能给苏轼提供如此这般流动的时空，让他在古今之变、转瞬千年的电光石火中，真正体察生命的价值与意义。
　　长江的流水发出声响，陡峭的江岸高峻直耸；山峦很高，月亮显得小了，水位降低，礁石露了出来。才相隔多少日子，上次游览所见的江景山色再也认不出来了！

一切一切都是逝者如斯夫。苏轼大声长啸，草木被震动，高山与他共鸣，深谷响起了回声，大风刮起，波浪汹涌。他是真正与这块山河遭逢了——肉身已不是自己的肉身，他与大地同呼吸，共长啸，分不清谁在谁的怀抱、谁是谁的客体——大自然给了他深切的慰藉。

当然，为后人争相传诵的名篇是《念奴娇·赤壁怀古》：

> 大江东去，浪淘尽，千古风流人物。故垒西边，人道是：三国周郎赤壁。乱石穿空，惊涛拍岸，卷起千堆雪。江山如画，一时多少豪杰。
>
> 遥想公瑾当年，小乔初嫁了，雄姿英发。羽扇纶巾，谈笑间樯橹灰飞烟灭。故国神游，多情应笑我，早生华发。人生如梦，一尊还酹江月。

这首词，真正阔大了苏轼的意境与格局。乱石穿空，惊涛拍岸，卷起千堆雪。这是赤壁山水的力量。赤壁山水，可以洗刷多少人世冤屈啊。乌台诗案、仕途风雨，在大江东去、被浪淘尽的千古风流人物面前，又算得了什么呢？最终，赤壁山水让苏轼明晰人生的轻重得失。

明白空灵的力量与举重若轻的意义。

从黄州走出来的苏轼，开始及物与及地。虽然还在仕途上行走，却走得虚实相间，走成了对自己生命的审视，走到人间烟火气中，与这块土地的遭逢，变得相互依存，难以割舍。

他开始筑堤了。"东坡处处筑苏堤"，从黄州走出来的苏轼先后在三个城市筑过三条长堤。

杭州筑堤。元祐四年（1089），苏轼任龙图阁学士知杭州。在杭州筑堤不是苏轼诗意的表达，而是他对这块土地上的人生存状况的深切体察，以及一个生命对一群生命的忧思与善意。虽然同为城市管理者，有人文关怀还是没有人文关怀，结果迥然不同。杭州筑堤，不仅改良了城市景观，更重要的是苏轼关心民瘼，将诗句写在山河大地上，同时"苏堤春晓"也成了著名的西湖十景之一。这是苏轼人格完善、境界高远的物化体现。

颍州（今安徽阜阳）筑堤。从黄州走出来的苏轼，仕途依旧坎坷。元祐六年（1091），在杭州仅仅任职两年的苏轼被召回朝。但不久又因为政见不合，元祐六年八月他被调往颍州任知州。元祐七年（1092）二月苏轼任扬州知州，元祐八年（1093）九月任定州知州。绍圣元年（1094），再次被贬至惠阳（今广东惠州市）。绍圣四年（1097），年已62岁的苏轼被一叶孤舟贬到荒凉之地海南岛儋州（今海南儋县）。实际上从这份官场履历表可以看出，苏轼每隔一两年就被贬谪，官越做越小，生活的安定感荡然无存。但是在黄州脱胎换骨之后的苏轼其心灵的安宁感却始终如一。苏轼被贬颖州时，为发展农业生产，主持疏浚颖州西湖，修建了三座水闸，同时把清淤的泥土堆成颖州西湖的护堤，遍植垂柳，时人称为苏堤。苏堤上还栽植玉兰、樱花、芙蓉、木槿等多种观赏花木。苏轼只顾耕耘，不问收获，或者说他把人间生活当作一场修行。

惠州筑堤。苏轼被贬到惠州时已经59岁。作为岭南贬所，惠州的荒凉与闭塞给人以穷途末路的意象，特别是对年近六旬的苏轼来说，有所为还是有所不为，构成了他对生命质地的拷问。但苏轼还是选择了筑堤。一个诗人，在湖光山色中最关切的还是民间疾苦，诗写得好不好已经不重要，重要的是一个人在与一群人遭遇时，他的心香与柔肠，付出与给予。苏轼在惠州捐助疏浚西湖，并修了一条长堤，老百姓们是什么反应——"父老喜云集，箪壶无空携，三日饮不散，杀尽村西鸡"。在这片大地上，唯遭逢能看出世道人心，唯奉献才得到真心相待。做中国文章其实就是做大地文章、人间文章。年近六旬的苏轼有这个收获，那是水到渠成，苦尽甘来。

流放途中，苏轼的人生收获不仅是筑堤，关心民瘼，还包括对文明的薪火相传。这是值得大书特书的。

苏轼流放到海南岛儋州时，正可谓在垂暮之年来到了天之涯地之角。如果没有大修行、大解脱，苏轼的海岛人生应该说是黯淡无光的。但是，一处名为"载酒堂"

的教学点在海岛的西南处出现了，这其实是"东坡书院"，苏轼在这里自编教材，大力倡导读书。他说："蹩然已可喜，况闻弦涌音"——从此，这片被荒昧蒙蔽得太久的土地上四处书声琅琅，中原文化在苏轼的传播下润物细无声地潜入这座海岛之中。

春华秋实，开花结果。海南历史上第一个中举者姜唐佐和海南历史上第一个进士符确是苏轼的得意弟子。甚至苏轼获赦北归后，他的弟子还能够连续不断地考取功名。仅宋一代，海南就先后走出十二位进士。另外海南书院蔚然兴起，明清两代先后达60余所，其中以尚友书院、蔚文书院、琼台书院、溪北书院最为著名。这里云集了众多的名儒、学者。自此，海南进入人才辈出的大陆化时代。不仅有朝廷命官相继到此任职，还出现了海南进士到内陆任职的情况。明清两代，海南进士到京城、两广、中原任职的近80人，其中在中央朝廷任尚书、主事、御史、大学士的就近30人。应该说一座岛的文明与一个诗人的成全休戚相关。

而苏轼自己，流放生活激发了他更大的才华。他在海南创作诗词140余首，散文100余篇，书信40余封。这的的确确是人与岛之间关于文明的双向激荡。一位海南历史研究者说："苏轼对海南岛文化的影响似乎远远超过孔夫子。"这话可能有些夸张，但是一次流放，让一个仕途上穷途末路的文人再次爆发强大的正能量，让海南岛的文明程度不断升级，这是人与岛的双重幸运。

"问翁大庾岭头住，曾见南迁几个回？"苏轼在其个人生命终结前将海南称之为故乡，那些被苏轼诗词所抚摸过的海南山水奇迹般地焕发出异样的生命。这是文明的开枝散叶。是继承，也是创新和超越。在中原文明浸染之后，海南文明开始恣意生长。海南文化的多元融合首先体现在海洋文化逐渐与来自中原的农耕文化共同生存，互为依托上。而大中华文化所特有的兼容性使得海南部落原有的海洋捕捞方式能够保留下来，成为农耕文明之外的另一种生产方式。在这一点上，苏轼的贡献功不可没。

建中靖国元年七月二十八日（1101年8月24日），苏轼在常州（今属江苏）去世，葬于汝州郏城县（今河南郏县），享年六十五岁。他的一生，表面上颠沛流离，实际上功德圆满。

叶绍翁的人间万象

一

　　从少年叶绍翁的视野望过去，岩后村周围的古枫树常年绿茵环绕，似乎天地万物亘古不变。村里的奇石、奇岩、古树、水潭，消弭了世事沧桑。但是在叶绍翁日后的人格养成中，有一抹忧郁是古枫树林的绿色消解不了的。从岩后村往山外走二十里地，是以宝剑和青瓷闻名的古城龙泉，从龙泉再往北走600里地，是南宋的都城临安。少年叶绍翁的视线或者是视野看不到龙泉，更看不到临安，但在他的命运密码中，临安当是他绕不过去的符号。叶绍翁出生前的命运安排里，临安城里的那些人，决定了他祖父李颖士颠沛流离的际遇，也决定了他最终飘落在岩后村的宿命；而在其长大成人的入世企图中，临安既是叶绍翁雄心勃勃的舞台，也是他修身养性，完成人格升华的驿站。

从外表看，少年叶绍翁和村里年纪相仿的孩子们并无两样，但究其实，他的身上竟然隐藏着南宋高层政治和军事博弈的力量消长。他是一个不能被曝光的孩子，只能在远离城镇的大山深处隐秘地生长。有人希望他死，也有人希望他活下去，为了一个希望活下去。如果从博弈的角度来说，参与博弈的双方高层人物有秦桧、左丞相叶梦得、御史中丞赵鼎以及叶绍翁祖父李颖士。这是一个赵氏孤儿式的传奇故事，一切得从李颖士的人生奋斗开始说起。作为政和五年（1115）的进士，李颖士发现他入职的第一份工作是处州刑曹，也就是现在的丽水市公安局局长。也许是业绩突出，没几年，他知余杭县，出任余杭县的县长。建炎三年（1129），对李颖士来说，是他仕途的一个拐点。这一年，高宗皇帝从越州（今浙江绍兴）南下，要到明州去。没想到金兵渡过钱塘江，一路追击高宗。李颖士获悉后，急募数千乡兵，高竖旗帜，虚张声势，令金兵不敢贸然进军，而高宗皇帝也得以从定海驾舟安全转移。因为救驾有功，李颖士被提拔为越州通判、大理寺丞、刑部郎中。在叶绍翁以后雄心勃勃的入世企图中，祖父的光芒可以说一度照亮了他前行的方向。但实际上，南宋的政局永远是波谲云诡的。叶绍翁日后的命运路径在御史中丞赵鼎那里又拐了一个弯。

赵鼎是宋高宗时代的政治家、名相、词人。建炎三年（1129），李颖士建功立业的时候，赵鼎从户部员外郎的职位升迁为御史中丞。随后，他在绍兴年间几度为相，后因反对和议，被秦桧构陷，先是罢相，后出知泉州。这样一个从表面上看与叶绍翁没有一点关系的人，又是如何影响他命运路径的呢？原因就在赵鼎和李颖士的私人关系上。在秦桧眼里，李颖士是赵鼎一党。正所谓斩草要除根，赵鼎被罢，他的追随者不能相安无事。这其实是主和派与主战派的生死较量。赵鼎被流放吉阳三年，绝食而亡后，李颖士也因为受其牵连，而被罢官。当然，罢官仅仅是第一步，接下来他会不会步赵鼎后尘，成为下一个牺牲品，这是谁都无法预料的事情。于是，李颖士开始未雨绸缪，把他的小孙子绍翁过继给好友叶笃的儿子叶阳尔为孙。叶阳尔是叶梦得的重孙，而叶梦得是南宋初年的左丞相，建炎三年，李颖士因为救驾有功，被越级提拔时，叶梦得曾是他的仕途伯乐。由此，李叶两家，有了通世之好。从政治倾向上说，叶家也是主战派，李家有难，叶家当然不会坐视不管。叶绍翁就这样从李家过继给了叶家。而叶阳尔举家由松阳迁到龙泉的深山老林隐居，目的就是保护叶绍翁这个李家后人。这的确是个中国式的关于传承的故事。故事有些曲折，但它所有的落脚点，都落在少年叶绍翁身上。叶绍翁当然明白自己不是此间的少年，也与寻常乡野小子有着本质区别。他的身上，既承载着李家的良苦用心，也承载着家国天下、主战派东山再起的希望。

所以，小小的岩后村，因了叶绍翁的存在，而变得意味深长起来。这个少年单薄的身子，其实关联着京城的政治博弈格局。

绍兴十一年（1141）四月，秦桧因为害怕几个主战的重要将领难以驾驭，就密召三大将韩世忠、张俊、岳飞入朝，明升官职，实解三将兵权，同时还撤销了专为对金作战而设置的三个宣抚司。就在同一年的九十月间，秦桧按金人的授意，兴起岳飞之狱。十二月二十九日（1142年1月27日），岳飞死在狱中，岳云、张宪被杀于市。而在遥远的南方，离龙泉二十里路的岩后村，一颗主战派后代的火种不经意地潜伏，似乎在等待合适的时机，熊熊燃烧。

叶绍翁当然明白前辈们的企图心。这也是他经常忧郁的原因。岩后闭塞，他又未及成年，过多过大的期待，他如何承受得住？都说少年心事当拿云，叶绍翁却是悠闲地看山、看云，享受他的成长时光。在《闻顶山徐道人改卜》一诗中，叶绍翁颇有野趣地写道：

先生新卜宅，只许白云知。
野蜜和蜂割，岩花带蝶移。
坐谙苔石稳，醉忘木桥危。
屋后寒梅放，因风寄一枝。

另外，在《秋日游龙井》里，叶绍翁的心情也是物我两忘：

> 引道烦双鹤，携囊倩一童。
> 竹光杯影里，人语水声中。
> 不雨云常湿，无霜叶自红。
> 我来何所事，端为听松风。

诸如此类的这些诗，都是叶绍翁在岩后村所作。毫无疑问，诗里诗外隐藏着的，是他对大自然的深爱。而叶绍翁也的确是一个有爱心、有禅心的人。他仰慕先辈管师复的"好德"之风，常去离岩后村只有三里地的白云岩古庙凭吊和写诗。"白云古庙"古朴雅致，暗喻了管师复的生活情趣。管师复是个喜欢过陶渊明式生活的人，隐居在山上，甘当隐士。宋徽宗曾经想请管师复出山当官，管师复却离开白云居，逃到山洞里躲藏起来。这种非暴力不合作的态度，令少年叶绍翁一度为之沉迷。身世如此复杂，压力如此沉重，叶绍翁实在是想过要逃避现实的。主战还是主和，那是先人们的壮志未酬，于他，又有多大的干系呢？在"白云古庙"里看到管师复当年留下的对联："入寺层层百级梯，新堂更与白云齐。平观碧落星辰近，俯见红尘世界低。"叶绍翁很有晨钟暮鼓、当头棒喝之感。岩后村虽然小，那也可以承载一个人的生存哲学的。主战与主和，帝国的未来往哪里去，真的是他这个乡野少年可以左右的吗？叶绍翁并不相信，自己有那么大的能量。

但是在18岁的某一天，山外世界的诱惑，或者说一个成年人自知要担当的责任，突然袭击了叶绍翁。18岁出门远行，外面的世界很精彩，叶绍翁想走出岩后村去看一看。这样的渴盼，终于在某一天，冲动成叶绍翁的人生选择。

他上路了，目的地是——临安。自此，叶绍翁将邂逅大地上的人事，与一路上的风景互动，与情感互动，与这个国家的命运前途惺惺惜惺惺。

二

在当时的南宋帝国，临安是个梦幻之所在。南倚凤凰山，西临西湖，北部、东部为平原，商肆遍及全城，"自和宁门杈子外至观桥下，无一家不买卖者"（《梦粱录》），据《武林旧事》等书记载，临安商业有440行，各种交易盛行，正所谓万物所聚，应有尽有。而西湖风景区经过修葺，显得更加妩媚动人；酒肆茶楼，艺场教坊，驿站旅舍等也很兴盛。对乡村小子叶绍翁来说，临安是个目迷五色的所在，而岩后村只有单纯的一种颜色——绿色。

或许可以这么说，岩后村只是乡村风景，是简单生活的容器；而临安不仅仅是用来生活的，更是承载梦想、奋斗甚至某些人阴谋、宿愿的所在。

　　走进临安，其实是走进了叶绍翁的宿命。他离开了岩后村的那片绿色，只身进临安，此举不仅串联起他出生前的家族往事，也毫无疑问影响了他此生的命运路径。

　　其实，那样一个年代，主战与主和之争，其结果会影响帝国的每一个人，当然更会影响到主战派的后人叶绍翁。尽管此时年轻的他，对此还没有深刻的认识。叶绍翁不知道，主战与主和之争，自始至终都牵动着临安城的权力中枢神经。祖父已然仙逝，岳飞也含恨而死，主战派销声匿迹。以秦桧为首的主和派经过绍兴和议，南宋向金国称臣纳贡。这实在是一种屈辱的存在。从岩后村一片虚幻的绿色走出来，叶绍翁突然明白，自己不可能再走回到那片绿色中去。男人的责任与担当，特别是作为主战派的后人，他此刻正是建功立业的时候。临安是什么，大兵压境下的临安是沙场，男人的沙场。只是叶绍翁的起点太低，欲对时局有所作为，他非得进入权力高层不可。但是很显然，帝国擢拔人才的空间，实在是狭窄得可以。叶绍翁即便如自己的祖父李颖士一般，通过科举高中进士，也必须从类似于"处州刑曹"这样的底层工作做起。而高中进士，对一般人来说，也绝非等闲之事。在仕途艰难之时，叶绍翁开始与高官真德秀过从甚密。这其实不是趋炎附势，而是一种曲径通幽。一个人，如果自己没有能力挽救帝国，那就想方设法去影响有能力挽救帝国的人，比如真德秀。这是叶绍翁式的壮怀激烈。真德秀是叶绍翁的老乡，也是龙泉人，作为南宋著名政治家，真德秀一度官至正二品副相。叶绍翁之所以与真德秀过从甚密，或许是想在他身上，寄托自己救国、强国的梦想吧。

最开始的时候，真德秀的所作所为让叶绍翁看到了曙光。嘉定元年（1208），升任太学博士的真德秀对奸臣史弥远的降金政策十分不满，上奏声讨。嘉定七年（1214）七月中旬，真德秀奏请停止每年给金朝"岁币"被采纳。叶绍翁得知此事，一度兴奋地以为，帝国还是可以触底反弹的，但一切到最后竟是幻象。绍定六年（1233）十月，奸相史弥远去世，他的党羽郑清之升任右相，而真德秀的职位仅仅是福州知州、福建安抚使。虽然在端平元年（1234）四月，真德秀被召为户部尚书，端平二年（1235）三月，升任参知政事（副相），但此时的他已经患病，来不及有所作为，仅一个月后就罢政了，以宫观闲差养病。五月，真德秀病逝，享年58岁。一切演绎得如此仓促，叶绍翁如看一出人间悲喜剧，看着他曾经寄予厚望的真德秀就这样匆匆离去，那悲伤，仿佛梦想破碎一般，痛在心里。

后真德秀时代，叶绍翁专心致志做的一件事就是撰写《四朝闻见录》。所谓四朝，从高宗朝始，历孝宗、光宗朝，至宁宗朝止。叶绍翁将这四朝的消息，以笔记的形式记录下来。他想看看在这人间，在这帝国，如果耐心等待，是否会有春回大地的消息。此时的叶绍翁，虽然明白自己是主战派的后代，却在不知不觉中，沦为帝国局势的旁观者和记录者。他不再是权力局中人，甚至也不能影响拥有巨大权力的那些人。而帝国的局势却是每况愈下。南宋在宋孝宗时期以及后期虽然有过数次北伐，却都无功而返。南宋和金国形成对峙局面，与金朝东沿淮水（今淮河），西以大散关为界，西边与西夏和大理为界。所谓苟安于江南，不再有北望之念。甚至到宁宗朝时，奸相频出，朝政靡烂不堪，而此时蒙古高原上的蒙古人开始崛起。蒙古人在灭掉金国之后开始大举入侵江南的南宋，叶绍翁的《四朝闻见录》至此越记录越惊心。他终于明白，自己在这样的家国存在，是一个悲剧。

他必须要突围了。

三

叶绍翁的突围当然不是世俗意义上的突围。作为主战派的后代，他现在能做的只是保存自己，不被湮灭，而不可能对时局有所作为。同时就仕途而言，他也不想苦心经营了。如果帝国是个苟且偷安的帝国，那么那些仕途中人，无非是蝇营狗苟之辈。叶绍翁不想成为其中一分子，他现在想做的，就是丰满自己孤苦伶仃的心灵。所谓突围，就是让自己的心灵高地，从贫瘠走向富庶。

叶绍翁找到了这样的方向。他开始以诗言志，以诗抒情，成为这个时代的行吟者。而他的朋友圈里，也多有这样虽然失意却心灵高蹈的文人。

比如葛天民。这个曾在台州黄岩做过僧人的失意文人，此时和叶绍翁一样，正在做一个京漂。葛天民在京城临安，与姜夔、赵师秀等多有唱和。他的诗为叶绍翁所推许，出版有《无怀小集》。

比如姜夔。叶绍翁朋友圈里知名度最高的人物。少年孤贫，屡试不第，终身未仕，一生转徙于江湖，靠卖字和朋友接济为生。他虽然流落江湖，却不忘君国，所谓感时伤世。这样的生活经历和生活态度，叶绍翁见了，那真是惺惺相惜的。特别是姜夔名作《扬州慢·淮左名都》，词中"二十四桥仍在，波心荡、冷月无声。念桥边红药，年年知为谁生！"其出世与入世情景交融的意境，对叶绍翁影响颇大。

再比如赵师秀，与徐照（字灵晖）、徐玑（字灵渊）、翁卷（字灵舒）并称"永嘉四灵"，人称"鬼才"，开创了"江湖派"一代诗风。赵师秀虽然是光宗绍熙元年（1190）进士，却仕途不佳，用他自己的话说"官是三年满，身无一事忙"。赵师秀晚年宦游，寓居钱塘（今浙江杭州），其诗学姚合、贾岛，代表作《约客》一出，顿时洛阳纸贵：

> 黄梅时节家家雨，青草池塘处处蛙。
> 有约不来过夜半，闲敲棋子落灯花。

叶绍翁的诗也是"江湖派"风格，赵师秀对其影响，不可谓不大矣。但叶绍翁并没有师从赵师秀一人。南宋大地上的他以天地为师，以人间意境为主旨，试图为他这一代失意的人儿发声、代言。虽然已经出走岩后村多年，但家乡的母题永远在叶绍翁的心里。叶绍翁感悟，有时候从极简朴出发，经过人间万象，再回归极简朴，便是一个时代的心声；甚至可以穿越时代，成为人类的心声。而在某年某月的某一天，这样的心声不期而至了：

> 应怜屐齿印苍苔，小扣柴扉久不开。
> 春色满园关不住，一枝红杏出墙来。

叶绍翁为这首诗取了个名字《游园不值》，但如果从悲天悯人的角度出发，这诗跟游不游园没什么关系了。它是一种能量，也是一种意念、理想或者是信仰。春色满园关不住，一枝红杏出墙来。所有的梦想都不会被辜负，都在呼之欲出，哪怕梦想之外，围墙森严。此时的叶绍翁，不再是岩后村一味关心野趣的乡野小子，而是关心人类共同母题，具有忧患意识的大诗人。一个超越时空束缚的诗人。他的突围，终于从祖父辈们的世俗战场转移到人类共同的心灵场，并最终获得了大自在。

叶绍翁这场大地上的修行，兜兜转转，在绝境处峰回路转，从俗世中悟人间真谛，收获不可谓不大矣。

解缙的河州

洪武三十一年（1398），当29岁的解缙被贬为河州卫
吏时，他不知道，自己从南京千里迢迢抵达大西北的甘
肃河州，不仅仅是一个明朝官员仕途失意的个案，从文
化角度来考察，其实也是中原儒家文明对这个有着"河
湟重镇"之称的历史名郡一次不期而遇的遭逢或者说
洗礼。

洪武三十一年是个动荡不安的年头。这一年，明太
祖朱元璋逝世，皇太孙朱允炆即帝位。正在江西吉水老
家闭门思过的解缙闻讯，急匆匆进京吊丧。这个帝国问
题官员突如其来的举动毫无疑问让新帝有些难堪。因为
就在八年之前，因解缙在仕途上急躁冒进，帝国高层们
纷纷在朱元璋面前告他的状，朱这才让其回吉水闭门思
过。或许朱元璋想用十年时间，让解缙学会修身养性，
少安毋躁。但这一回，十年时间未满，解缙就私自返京。
曾经受其攻击的御史袁泰乘机向新帝进谗言，终于导致

解缙被外放到西北边地做一名小官，由此，解缙命中注定要遭遇河州。

毫无疑问，当时的河州显然藐视了解缙的抵达。解缙初到河州的心情，在他写的一首诗里泄露无遗："陇树秦云万里秋，思亲独上镇边楼，几年不见南来雁，真个河州天尽头。""镇边楼"，即河州城北城楼，因城楼北檐挂有"镇边"的匾额，故称"镇边楼"。这首诗字里行间，体现了一个江南才子乍离故土，遭遇西北边地如此粗犷无边的塞外景致，一时间心理不适所产生的恐惧与抱怨。河州与江南到底有多远啊，几年时间都看不见南来飞雁，说明雁子飞断翅膀也到不了这里，细究起来，这地方真可谓天尽头了。

其实，解缙不知道，与小桥流水人家的江南相比，河州又大气得可以。它是大禹治水的极地。《尚书·禹贡》记载，大禹治水，"导河自积石，至龙门，入于沧海"。河州曾几度被洪水冲刷，但多少次推倒重建，依旧将自己站成了河湟重镇。仿佛它要告诉世界，有梦的地方就有家园。而历史人物大禹等人的足迹，也因了这种信念，遍布在这块七千九百多平方公里的土地上；同时，与鲜有战事、繁花似锦的江南相比，河州又似个争强好胜、从不服输的汉子，雄性地存在于西北边地。它既是重要的军事要塞，也是联结中原与西域文明的一大驿站。应该说河州是豪迈的，也是包容的。曾是丝绸之路上的

"茶马互市"，黄土高原与青藏高原、农区与牧区、中原与诸蕃之间，不同区域人等不同的生活方式、生活理念在这里并行不悖。更有伊斯兰教在河州代代相传，孕育出一个由回、东乡、保安、撒拉族集结而居的穆斯林群体，号称中国的"小麦加"。当解缙静下心来时发现，他在河州所遭逢和体察到的，实在是江南故土所给予不了的，也是他在南京这个纯政治都城从未接触过的。

解缙开始尝试接纳这块土地了。他的诗，从惆怅、抱怨，慢慢转向欣赏、喜爱。他在描写河州名胜古迹冰灵寺一诗写道："冰灵寺上山如削，柏树龙盘点翠微。况有冰桥最奇绝，银虹一道似天梯。"这样的风景，实在是温婉的江南看不到的。解缙描述它时，喜悦的心情溢于言表。《宁城河》一诗更进一步，解缙几乎是以主人翁的姿态，豪迈地向世人推介河州宁城河的奇绝之处："宁河城头百丈涌，泻下通明五色虹，若到关前应驻马，下瓢一饮醉春风。"此诗最后一句可以说是情景交融。醉春风者，真的就是那个曾经抱怨"几年不见南来雁，真个河州天尽头"的解缙解大学士吗？河州这个千年古城的魅力终于让解缙接纳了这块土地。

其实，风景的接纳还是浅层次的，人文或者说文化的接纳和沟通才是解缙与河州在文化地理上亲密接触的重要指征。河州虽然曾是黄河文化的早期发祥地之一，享有西部"旱码头"之美誉，但是出自于中原的儒家文明，却似南飞雁一般，罕有到达。解缙来河州之前，此地从未有进士诞生。经济落后是一方面，没有高层次的儒家文明使者来此地洗礼、启迪是另一方面。虽然在洪武五年（1372），朱元璋曾下令设置河州儒学，延请儒师5名、廪膳生40名，试图让儒家文明在此地生根、开花、结果，但到底没有层次如解缙之流者参与，文明的传播就显得不那么到位。解缙在河州时，不仅留下许多脍炙人口的诗篇，其书法也广为留存。解缙咏镇边楼"真个河州天尽头"名句一出，后来和韵者数不胜数。镇边楼也因此成了河州的一张人文名片，随着解缙诗作的广泛流传而被越来越多的人知晓。另外关于解缙书法，《河州志》记载："有得其（解缙）片纸只字者藏以为珍玩，河西士大夫赞不绝口。"这也是一种文化传播。

文明特别是儒家文明开始以这样一种具象的方式在河州被仿效，或者说被推崇了。如果不是解缙春风化雨，河州可能依然还是帝国的边地，没有多少人文气息。但进士就是在这块绝无可能出现的土壤上产生了。这一方面是解缙的影响，另一方面应该说也是河州这个城市的凤凰涅槃。现在想来，它实在是一个曾经有着古黄河文明的千年古镇孤注一掷、探源儒家文明的极致努力。没有繁华京都显宦人家的那些权力推手可以暗中运作，也没有书香门第代代相传的四书五经及浩瀚典籍可资借鉴，就是一个先天不足、后天失补的普通城镇，在一块天高皇帝远的文化沙漠上，数百年间苦心孤诣、孜孜以求，其目的就是想看一看文明之光究竟能有多灿烂，一个帝国边缘的城镇读书人从底层跻身高层的努力究竟可以走多远。而数百年的似水光阴也耐着性子将谜底缓缓揭开——一个个河州进士在十年寒窗甚至数十年寒窗后得以高中，终于回乡收拾行囊，拍拍身上来自河州山坡上的泥土，踌躇满志地走进京都，走到历史的聚光灯下，最终也将"河州"两个字走成了传奇。

　　在解缙离开河州十数年后，河州终于产生了有史以来的第一位进士——王弘。此后在明代，河州共产生进士6名，清代共产生进士5名。或许从功利的角度来解读河州进士的数量并没有什么意义。事实上，河州进士们传承的不仅仅是儒家文明，他们最重要的贡献是以文明的名义出走，最终在更大的舞台上参与甚至影响历史的进程。河州依然是河州，但从河州走出的人，第一次具有了人文的身份和重量。不再是底层草民，而是可以发声、议政，有了家国情怀。王弘是永乐十三年（1415）中举人，永乐十六年（1418）中进士。作为河州第一进士，王弘当得起一个"义"字。正统年间，大太监王振及其党羽胡作非为，王振私党、锦衣卫指挥马顺在大庭广众之下厉声斥责朝臣。朝臣们敢怒而不敢言，是王弘奋臂而起，揪住马顺头发，"斥其罪，啮其面"，一时间名震朝野。后瓦剌军挟持英宗逼近京师，主和派准备弃城而逃，百官也准备作鸟兽散，同样还是王弘站出来据理力争，劝谏郕王即位（史为代宗），改国号景泰元年，稳定了朝局，也稳定了人心。究其实，王弘的所作所为背负的其实是河州形象，敢担当，敢发声，敢负责。而河州的城市性格也正是如此。硬朗，不屈服，更不随波逐流；河州人朱家仕是进士朱绅的五世孙，他在崇祯元年（1628）中进士，后政绩卓然，升山西朔州道转大同兵备道加分巡副使。李自成进攻大同时，朱家仕更换朝服，怀抱敕印，投井而死，当得起一个“忠”字。河州人马福禄光绪六年（1880）中武进士，留京侍卫。光绪二十四年（1898）清廷调马福禄驻防山海关。光绪二十六年（1900）马福禄参与抗击八国联军。8月初列强集结2万重兵，向北京进攻。马福禄奉命守正阳门，后以身殉国。清廷追封他为“振威将军”，是为忠义之士。

的确，河州进士们自从走出河州，便与时局发生千丝万缕的联系。如此看来，河州已不仅仅是帝国边城，它不知不觉间俨然成了历史演绎进程中的一个重要节点，与这个国家与有荣焉。在这个意义上说，河州其实也是人文河州。虽然始终蜷缩、蜗居在西北甘肃一隅，却毫无疑问有了天下视野。

还是回到解缙。某种意义上，解缙成全了河州，但其实，河州也在另外的层面上成全了解缙。这是河州的投桃报李。作为一个诗人，解缙被贬河州之前写的诗大多是年少轻狂的意气之作，虽然激情洋溢，却少了苦难生活的磨砺，更无西北边地苍凉、厚重之感。来河州后，解缙诗风为之大变。像"长城只自临洮起，此去临洮又数程。秦地山河无积石，至今花树似咸城"（《河州》），又如"积石唐家节度城，吐番羌帽帐纵横。而今河水清无底，时有行人月下游"（《无题》），那种洋溢在诗里诗外的时空沧桑感是此前解缙诗作里从未有过的。河州，给了解缙诗歌以第二次生命；另外，在为人处世上，河州岁月也教会了解缙一种沉稳、大气的处世风格。他后来被建文皇帝召回京城后，在翰林待诏的两年时间里，不再像以往那样牢骚满腹，而是学会了等待与独处，明白了花开花落、月圆月缺都是需要时机的。重要的，是要有担当，懂得团队协作的重要性。这是解缙的河州收获。

永乐元年（1403），成祖朱棣登基后，擢升解缙进文渊阁参预机务，不久，又迁为翰林侍读学士，令其总裁《太祖实录》《列女传》等。由于解缙的成熟稳重和特殊重要性，成祖曾公开对大臣们说："天下不可一日无我，我则不可一日少解缙。"永乐二年（1404），解缙升为翰林学士兼右春坊大学士，他终于完全走过了朱元璋时代的仕途危旅，而这一切，在某种程度上说，正是河州这个历史名城对他的成全。

当解缙遭遇河州，当河州遭遇解缙，他们终于相互成全。

严嵩：终于活成自己讨厌的样子

严嵩的一生，是自相矛盾或者说互相冲突的一生。他示之以世人的四张面孔——清纯、柔媚、阴狠、沮丧，是他遭逢不同阶段世事的严式反应。从清纯书生到功利政客，严嵩的价值判断与选择反映了一类传统文人在世事流变中的自卫与进取。大地上的遭逢、滚滚红尘中的遭逢、庙堂上的遭逢，这诸多遭逢让人性的变异自然而然地发生，且制造了成功学的经典案例。但是从结局来看，严嵩被贬官籍，儿子严世蕃被斩，家产也被抄没，其世俗上的成功并没有善始善终。从精神层面说，严嵩年轻时向往大地上的栖居，年老时初心尽毁，得失之间，颇有夏虫不可语冰之感。

一

最初，那个叫严嵩的名人留给世人的面孔是清新可人的，恰似一介书生。这个江西分宜人五岁启蒙读书，九岁读县学，十岁时县试成绩已经出类拔萃。19岁他乡试中举，25岁廷试二甲第二名，赐进士出身。正德二年（1507），严嵩授翰林院编修，官居七品。这一年他才27岁，轻而易举地就成了中央国家机关公务员。

事实上严嵩并非"官二代"，也非"富二代"。他家境贫寒，分宜已是偏僻之所在，严嵩出生的分宜介桥村更是穷山恶水之地。其父是个穷秀才，在乡里做孩童们的启蒙老师，状况很像当下的民办代课教师，收入很没有保障。严嵩要想在这样的背景下出人头地，所倚靠的只能是知识。

但命运似乎变幻莫测，并在正德二年对严嵩发出隐隐的冷光。这一年宦官刘瑾矫诏开列53名高官大名单，称之为奸党，并张榜公布在朝堂之上，搞得百官们很没有安全感。而正德皇帝朱厚照性喜游乐，将内宫改造成集市。他和太监们在这个封闭式的集市里穿着商人服装，熙熙攘攘高声叫卖讨价还价，沉溺在角色错位中不能自拔，后又下令在西华门外开建"豹房"，作为寻欢作乐之场所。书生严嵩正是血气方刚的年纪，对政坛丑陋现象自然不能容忍。可世上事，或阿附，或决裂，大多无第三条道路可走。而决裂者的下场却是惨不忍睹的。这一年，南京御史蒋钦就为他的决裂付出了生命的代价。三月，蒋钦上疏说："刘瑾是一小人，陛下视为腹心股肱，不知其为悖逆之徒蠹国之贼……乞听臣言，亟诛刘瑾以谢天下，然后杀臣以谢刘瑾。"这是蒋钦在以命和刘瑾相搏，但他只是被廷杖后投入监狱。三天后，蒋钦又上疏说："臣与贼刘瑾，势不两立。刘瑾畜恶已非一朝……陛下不杀刘瑾，当先杀臣，使臣得与龙逄、比干同游地下。臣诚不愿与此贼并生。"蒋钦这份奏疏因言辞过激，结果又被杖30下，三日后死于狱中。

　　毫无疑问，蒋钦之死给了仕途新人严嵩一个警告，那就是鸡蛋碰石头，结果会很惨。他这个翰林院编修人微言轻，自然是不可能改变官场生态的。所以严嵩刚踏入仕途时，心情是很郁闷的。正德三年，严嵩祖父及母亲相继去世，按制他应该回家服丧守孝三年。这给了严嵩一个躲避黑暗官场的理由。既然从皇帝到权宦都是胡作非为式的人物，自己也没必要陪他们玩了。愤青严嵩自此欣欣然地回到江西分宜介桥村里，开始去做他的孝子兼隐士了。之所以称严嵩为隐士，是因为他借守孝为由，在那个山沟沟里待了八年之久。从正德三年到正德十一年，严嵩以非暴力不合作的方式远离政坛，像极了一个愤世嫉俗、不愿意同流合污的书生。

　　严嵩在家乡的所作所为，也的确是一个书生"穷则独善其身"的状态，留给世人的，是一张"颇著清誉"的面孔。严嵩此时的心态，或许还是陶渊明式的，是归园田居的状态。他在自己家乡钤山之麓建钤山堂隐居读书，著《钤山堂集》，称自己是"一官系籍逢多病，数口携家食旧贫"。这"学种南山田"之语，暗示了二三十岁时的严嵩在精神层面上，还是志存雅趣的，不以仕途浮沉为意。

严嵩在钤山的另外一个收获是他33岁时喜得贵子——严世蕃，这个后来为他带来无尽烦恼的儿子对当时的严嵩来说，却是上苍赐给他的珍贵礼物。他为此欣然作诗道："三十年过方有子，却论情事集悲欣……"严嵩归隐期间共作诗700余首，同时应袁州知府之请，总纂《正德袁州府志》。严嵩如此这般的生活，的确是一个书生或者说淡泊名利的书生才具备的。

从正德三年归隐，到正德十一年复出，帝国政坛依旧风起云涌。刘瑾一手遮天至正德五年，被另一太监扳倒，随后帝国大治刘瑾奸党，"一时朝署为清"。原以为吏治会从此向好，却未料武夫江彬入京，祸乱又起。正德皇帝施行京营边军对调操练，江彬得他宠信，在宫内操练营军，"晨夕驰逐，甲光照宫苑，呼噪声达九门"。而正德经常做总司令状不时加以检阅，又每每微服夜行至教坊司观乐，不理朝政已成常态。正是在这个背景下，36岁的严嵩结束了归园田居式优哉游哉的生活状态，选择复出了。

复出后的严嵩，还是做翰林院编修，依旧无多大实权，依旧是个愤世嫉俗、不合时宜的小官员，与他交游的人物也都是一时名士。一个毫无背景的翰林院编修，能与如此多的名家大儒相互唱和，说明严嵩作为一个书生官员，其文字功底应当是很不错的。后来的事实也证明，严嵩的青词之所以写得好，跟他文章写得好是一脉相承的。另外严嵩还写得一手好字，这一点，也是实打实的功夫啊。

作为公知，严嵩复出后书生本性不改。批评朝政、舞文弄墨，在正德皇帝喜好游玩作乐、不理政事的背景下，严嵩的那些慷慨陈词除了为他博得更多的清誉之外，并没有实质性的好处或者说坏处。

随后，嘉靖皇帝统治帝国，严嵩的仕途有了一个小小的转机。他先是到南京做翰林院侍读，署掌院事。嘉靖四年（1525），45岁的严嵩升国子监祭酒，从南京回到北京。国子监祭酒是从四品，相当于现在的国立大学校长，主要任务为掌大学之法与教学考试。严嵩虽然在职务上有所提升，却依然是权力核心之外的人物。嘉靖皇帝甚至没有正眼看他一下，而此时的严嵩仍旧书生意气，不以仕途浮沉为意。

但是没有人知道，一场静悄悄的、来自他性格深处的改变正在进行。三年之后的嘉靖七年，严嵩开始变脸，他不再是一个清纯的书生，而变身为遵循中庸之道的仕途中人了。

二

嘉靖七年，严嵩由国子监祭酒被提拔为礼部右侍郎，相当于从一个闲职单位的副厅级干部摇身一变为实权单位的副部级干部，从而进入了中央直管的高级干部行列。

这一年，嘉靖皇帝朱厚熜给严嵩派了个任务，到湖广安陆（今湖北钟祥）去监造显陵扩建工程。这个工程是在嘉靖皇帝已故生父兴献王园寝的基础上展开的。因为正德皇帝死后无子，从族系上讲，朱厚熜为他的堂弟，血缘关系最近，因此得以入继帝位。嘉靖上台后，做的第一件事情是不顾百官反对，追尊生父兴献王为帝，并且下令将兴献王园寝按帝陵规制进行改建。由此在他心目中，显陵扩建工程是个关系到孝道的重大工程，非稳重老成之人去主持不可。严嵩这一年48岁，从年龄上说老成是老成了，稳重则未必。因为以往他的所作所为，给世人留下的是一个"愤青"形象。现在人到中年，他会不会从"愤青"沿袭为"愤中"呢？的确，严嵩此时的仕途正面临一个拐点，或者借此机会一跃而上，或者老毛病发作，继续愤世嫉俗，将事情搞砸，从而在仕途上遭遇重挫。那么严侍郎接下来又是怎样做的呢？

严嵩到钟祥后，遵照嘉靖皇帝"如天寿山七陵之制"的要求对显陵进行了大规模的扩建。扩建工程前后共征用民夫两万余人，总花费达白银60万两。作为一个礼部侍郎而不是工部或者户部侍郎，严嵩能做到这个程度可谓尽心尽责，功德圆满了。但谁都想不到，严嵩功成还朝后竟然节外生枝，他上了一道与显陵扩建工程完全无关的河南灾区灾情严重的奏疏，称"所在旱荒，尽食麻叶、树皮，饥殍载路。市易饼饵则为人所攫取，子女鬻卖得钱不及一饱，孩稚至弃野中而去……"

这一年是嘉靖七年，帝国都发生了什么大事呢？平定吐鲁番武装力量进犯肃州的图谋；平定瑶民起事；重订《大明会典》；颁示《明伦大典》；通惠河得以修浚。帝国不说欣逢盛世，也谈得上有所作为了。特别是这一年，嘉靖皇帝经过大礼议事件后终于为自己的生父生母加上皇考、圣母尊号，并且诏告天下。正所谓是吉祥如意之年，是不能给皇考、圣母抹黑的。而严嵩督建的显陵扩建工程其实正是吉祥如意之重要组成部分。由他而不是别人在工程完工后上河南灾情严重以至于发生"人相残食"惨状的奏疏，事实上除了用脑子进水来解释外没有别的理由可以说通。

但是很幸运，嘉靖七年的严嵩最终却有惊无险，不仅没有受到皇帝的严处，反而得到嘉奖。这又是为何呢？原来严嵩上的不是一道疏，而是两道。他在报忧之后紧接着又上了一道报喜之疏。严嵩在奏疏中说，他这次督建显陵，途中所见除了灾情外更多的是祥瑞，特别是立碑所用之石非同凡响——"白石产枣阳，有群鹳集绕之祥"，"碑物入江汉，有河水骤长之异"，立碑时"燠云酿雨""灵风飒然"。严嵩因此欣欣然建议皇帝要撰文立石以记此祥瑞之事。严嵩的这两道奏疏一忧一喜，先忧后喜，再没有了以往作为书生时代的严嵩所具有的有话直说、直抒胸臆的品质，而是暗含机心——先呈河南灾情严重疏报忧以体现他的忧国之心，后呈祥瑞疏以体现他的忠君之情。一忧一喜实际上表达的是异曲同工之妙。那就是两个字：柔媚。

柔媚是仕途中人的基本功，却非书生本性。嘉靖七年的严嵩完成了自己的第一次变脸，从愤青转变为媚中。很显然，嘉靖皇帝是很乐见严嵩的这样一种改变的。对于严嵩的报忧疏，皇帝不但没有责怪，反而脚踏实地地解决问题。他发布指示称："这地方既灾伤重大，将该年勘过有收分数起运钱粮暂且停止，待次年收成之后带征，其余灾轻地方照例征解。"至于报喜疏，嘉靖皇帝更是表扬道："今嵩言出自忠赤，诚不可泯。依拟撰文为纪，立石垂后。"总之，严嵩是报忧报喜两相宜，深谙为官之道了。

嘉靖七年"两疏"事件之后，严嵩的仕途呈向上的趋势。在嘉靖十五年，严嵩接任礼部尚书一职，终于名正言顺地成为正部级干部了。但是两年之后的嘉靖十七年，严嵩突然面临一个重大考验。这一年，嘉靖皇帝想让他的生父称宗入太庙，命令礼部开会讨论此事。严嵩作为礼部尚书，必须直面这个敏感的问题。严嵩如照办，自己"颇著清誉"的形象将立刻崩溃；如不照办，礼部尚书还能不能当下去就很难说了。

最初，严嵩和其他大臣试图阻止，没想到皇帝竟然勃然大怒，写了一篇《明堂或问》的文章来责难廷臣，意思是臣子们必须摈弃模棱两可的态度，必须旗帜鲜明地支持其生父称宗入太庙之举。史料记载严嵩挨训后"惶惧，尽改前说，条画礼仪甚备"——其柔媚神态，再一次浮现出来。严嵩先是引经据典称，表示有前事可据，不仅如此，严嵩还为此事撰写《庆云赋》《大礼告成颂》，以取悦嘉靖皇帝。

至此，严嵩那张曾经清纯的书生面孔消失殆尽，代之以一张柔媚的权臣面孔。经过30余年的仕途历练，严嵩终于变成一块毫无棱角的鹅卵石，似乎不再锋利。不过，真的如此吗？其实不尽然。在另外一些层面上，严嵩锋利依旧，甚至可以伤人，只是严嵩的锋利不是针对皇帝，而是针对同僚的。比如那个曾经引荐他做了礼部尚书的阁臣夏言。

三

夏言比严嵩中进士的时间晚了足足12年，他们俩其实是江西老乡，但彼此之间并没有多少交集。当时夏言作为一个低级干部，与中高级干部严嵩之间，看不出有什么故事值得发生。

但是嘉靖七年却是意味深长的。这一年严嵩在进步，夏言也因一道建议天、地分祀的疏文而被嘉奖，赐四品服俸，后又成为一名侍读学士。不久，夏言就掌翰林院事了，随后兼礼部左侍郎，再到最后升为礼部尚书，嘉靖十五年加太子少保、少傅、太子太傅。而严嵩是在嘉靖十五年，夏言要入阁参与机务时，才接任礼部尚书一职，加太子太保、少保，比夏言足足晚了六年时间。在嘉靖七年到嘉靖十五年的时间路径上，严嵩和夏言就如龟兔赛跑般，逐渐拉大了距离。这其中，原因何在呢？

正所谓"高富帅"在任何时代都吃香。夏言身材高挑，眉目俊朗，又留了一副很有艺术范儿的胡子，恰似玉树临风般，在人群中很有鹤立鸡群的感觉。"高富帅"三个字夏言占了头尾两条。同时夏言有才，应该说是"高才帅"。他的青词写得相当好，嗓音又洪畅，每次进宫讲学，皇帝都注视着他，"欲大用之"。果然这一用就收不住了，最后夏言在嘉靖十五年入阁，两年后升为首辅，将严嵩远远地甩在后头。

不过严嵩阴狠的面孔并没有在最初的时候显露出来。他接任礼部尚书一职后，夏言对他一直颐指气使，屡以恩主身份待他，严嵩这才决定对夏实施报复。但是严嵩的报复行动深藏不露，他甚至以柔媚的身段对待夏言的傲慢，以达到麻痹对手的目的。严嵩所在的礼部有时需向内阁呈送文稿，而其亲拟的文稿经常被夏言改得一塌糊涂，甚至夏还将文稿掷还严嵩，令其重拟，严嵩每次都笑眯眯地接受了。同时，严嵩为了与夏言搞好关系，常常在家里设宴请他吃饭。夏言要么答应了不来，要么来了之后一声不吭，故意冷场。面对如此羞辱，严嵩也还是笑眯眯地接受了。

　　但正所谓口蜜腹剑，严嵩一旦抓住不利于夏言的机会，那是要毫不犹豫地下手的。由于夏言为人傲慢，擅自坐轿出入西苑斋宫，以及拒绝佩戴皇帝特赐给阁臣的道家香叶冠，还上疏称此"非人臣法服，不敢当"；最重要的是夏言对写青词一事不再上心，经常拿旧作敷衍了事，嘉靖皇帝对他渐渐怠慢。严嵩则抓住机会，趁机有所作为。他每次写青词，都搜肠刮肚，语不惊人死不休。同时每去西苑时，必定恭恭敬敬地戴上其升级版的道家香叶冠——在叶冠上笼一层轻纱，看上去很有一种朦胧美。

　　嘉靖二十一年，帝国的天空出现日全食。皇帝要下诏罪己，严嵩趁机在其身边密语说该罪之人不是皇上而是首辅夏言。正因为此人胡作非为，所以天象才示警。由此，嘉靖下诏革去夏言官职，令其回籍闲住。两年后，严嵩如愿升任首辅，加太子太傅。

一边是夏言的去职，一边是严嵩的高升，严嵩的口蜜腹剑之功可谓收效显著。但世上事常常波澜起伏。嘉靖二十四年底，夏言复出，跃居首辅，严嵩则为次辅。正所谓圣心难测，严嵩的仕途突然遭遇危机。这不仅仅是复出后的夏言一如既往地对他颐指气使，要命的是严嵩的儿子严世蕃有把柄落在夏言手中。

严嵩任首辅时，让严世蕃出任管理财赋的尚宝司少卿，结果这个宝贝儿子贪污受贿什么都来，夏言抓住这个把柄后准备告御状，附带地想让严嵩也下台。严嵩开始危机公关。他放低身段，亲领儿子去夏言府上请求对方放自己一马。夏言也老到，托病不见。事实上此二人的博弈到这个时候，夏言是占了上风的。如果他能将心肠硬到底，直接将此事捅到皇帝面前，严嵩将圣眷不再。但很可惜，严嵩是人心大师，他抓住夏言不够决绝的性格弱点，先是贿赂夏言门人，进得府后直接跑到夏言跟前扑通跪倒，做可怜状，做悔恨状，做感恩状，做效犬马之劳状，直到夏言的心肠软下来，答应不将此事上报皇帝为止。由此，严嵩的危机公关得以成功。

如果我们将严嵩的此次危机公关放在日后他诬陷夏言且将其置于死地的背景下去考察，严的阴狠面孔由此得以完整呈现。嘉靖二十五年，陕西三边总督曾铣议复河套，夏言极力支持。曾铣此前曾数次领兵打败侵入河套的蒙古部落，他之所以要收复整个河套地区旨在建功立业；而夏言二次入阁，也有为自己增光添彩的念想。这样一件看上去毫无私心的政治议题，在严嵩眼里却成了扳倒夏言的绝佳机会。

严嵩先是处心积虑地笼络人心，对皇帝身边的宦官毕恭毕敬，经常给皇帝身边的小宦官一些好处，和颜悦色，做知心状，由此宦官们经常在皇帝面前为严嵩美言。在议复河套问题上嘉靖皇帝之所以出尔反尔，倾向于严嵩最后所论，实在是与身边宦官经常性的美言分不开的。这是其一。

其二是严嵩善于抓住和制造机会，令皇帝疑心渐起。夏言奏报议复河套时，嘉靖皇帝当初也是同意的。但过后不久，蒙古部落出兵侵犯延安府宁夏镇，严嵩立刻抓住这个机会，让言官上疏弹劾曾铣轻启边衅，造成严重后果。此时，陕西澄城山崩，嘉靖疑为上天示警，疑虑复套之举。

其三，在政治上搞垮曾铣和夏言。严嵩唆使因犯军法曾被曾铣弹劾的边将上疏诬告曾铣掩盖败绩、克扣军粮以及贿赂夏言等罪行，又唆使锦衣卫都督站出来揭发曾铣向辅臣行贿和"交结近侍"的罪名，曾铣被杀。曾铣之死为夏言的去势埋下最后伏笔。

"今逐套贼，师（出）果有名否？兵食果有余否？成功可必否？一（曾）铣何足言，如生民涂炭何！"朝堂之上，皇帝向百官发出的这一连串疑问确凿无疑地将矛头指向夏言。夏言立刻做出辩解，并试图拉严嵩来为自己站台："严嵩在阁中一直与我意见一致，现在他却把一切过错推到臣身上。"严嵩以退为进道："复河套之议，实是以好大喜功之心，行穷兵黩武之举，上干天怒，为臣不敢反对夏言，一直没有依实上奏，请皇上您先处理我的失职。"如果放在官场政治学的背景下看两人的回答，真可谓高下立判了；再加上严嵩笼络人心功夫在先，皇帝的倾向性已是不言自明。此后，夏言从退休回家的路上被抓回京师，弃斩西市，时年66岁。

之后，严嵩重新站稳首辅之位。他的脸上重现和蔼可亲之神态，但表层皮相之下，严嵩那张阴狠的面孔其实若隐若现。总的来说严嵩是善变的，就像危机四伏的仕途，没有以不变应万变的恒定之策。善变者生存，不过善变者也可能遭遇死亡。因为世上的逻辑是生死相继。严嵩站上权力顶峰那一刻，也就意味着他要走下坡路了。

四

严嵩的最后一张面孔是沮丧。沮丧是因为遭遇了一个人——徐阶。

在严嵩的仕途履历表上，从嘉靖二十三年九月升任首辅直至嘉靖四十年，其官场曲线一直是向上的。嘉靖二十七年之前，严嵩升的是官职；嘉靖二十七年之后，严嵩官职已经升无可升，只能在职称工资上更上一层楼——他领的不仅仅是工资，更是皇帝对他的恩宠。

其实在嘉靖四十一年严嵩出事之前，有关他的各种弹劾就层出不穷。但那些弹劾无一例外地以失败告终，弹劾者或被革职为民，或被流放充军，更有甚者付出了生命的代价。这些人的遭遇说明皇帝对严嵩的恩宠确保了他的仕途可以一直安然无恙。如果我们在这些背景下看徐阶暗战严嵩的话，那的确是一出跌宕起伏的好戏。而严嵩败在徐阶的算计之下，最后一张面孔以沮丧示人，又让人想到了那四个字——因果轮回。

徐阶比严嵩小23岁，他们两个的的确确是两代人了。在仕途起点上，徐阶自然要落后得多，他踏上仕途要比严嵩晚了整整18年。嘉靖三十一年，徐阶以礼部尚书兼文渊阁大学士，参预机务。但在此之前，严嵩已经做了八年内阁首辅，是个老资格的相国了。徐阶如若在这样的比对下挑战严嵩，当然很傻很天真。

但是严嵩出手了。或者说严嵩一直未雨绸缪，在警惕徐阶可能的崛起。徐阶进入仕途仿佛是严嵩当年的克隆版——以撰青词博得皇帝赏识，在礼部任职之时就和其他阁臣一起被召至西苑为皇帝写青词，还获赐飞鱼服等，隐隐然已经显出要发达的气象来。严嵩之所以警惕徐阶其实不仅仅于此，还有一个他很忌讳的原因是，徐阶当年进入仕途是夏言荐用的结果，换句话说他是夏言的人。因此严嵩要尽一切可能阻止徐阶上位。比如嘉靖三十年二月，严嵩就向皇帝打小报告说：徐阶"所乏非才，但多二心耳"。

但徐阶这个人也的确是老辣。他不像夏言那样傲慢高调，而是夹起尾巴做人，韬光养晦，以图发展。为此他两手抓，两手都硬。一手抓严嵩——"谨事嵩"，一手抓皇帝——更加"精治斋词"，在夹缝中求生存，求成长。

正所谓世上事此消彼长。一方面徐阶在成长，另一方面严嵩在衰老。嘉靖四十年，严嵩81岁，作为内阁首辅，很多政事他已经转给儿子严世蕃代为处理。最要命的问题是"嵩受诏多不能答……所进青词，又多假他人不能工"，皇帝开始有些冷淡他了。即便如此，要是没有更大失误的发生，严阁老或许可以在仕途上以全始终的。只可惜这年十一月，严嵩还是出现了失误，或者说他犯下了一个重大的政治错误——由于嘉靖皇帝当时所住的西苑永寿宫失火，严嵩建议他搬到南城离宫去住。南宫曾是英宗皇帝被也先俘虏归还后被幽禁的地方，皇帝认为严嵩此举是"且欲幽我"——相反地，徐阶在此事上要善解人意得多，他建议皇帝重修永寿宫，并且用当时修建其他殿的余料重修，以节省国库开支。皇帝一听，当然是龙颜大悦，并让徐阶之子来督造工程。百日之后，永寿宫修复，徐阶被加官少师，差不多与严嵩有同等的政治待遇了。

但严嵩最后的落败还不在这件事上，而是在嘉靖四十一年五月，御史邹应龙受徐阶暗使，上《贪横阴臣欺君蠹国疏》，弹劾严嵩父子弄权黩货，多行不法事。这样的一个弹劾要是放在嘉靖四十年之前，邹应龙恐怕凶多吉少。但对此时呈失宠之势的严嵩来说，邹应龙弹劾正逢其时。皇帝马上下旨：严嵩放纵严世蕃，负国恩，令致仕还乡，严世蕃则下于狱。

其实严嵩在最后出事之前，也曾重施柔媚身段，向徐阶乞怜。他在家中摆酒设宴，并让子孙家人跪拜徐阶，自己举杯说："嵩旦夕且死，此曹惟公哺之。"其沮丧神情，难以言表。但事已至此，严嵩颓势难挽。

嘉靖四十四年，严嵩被贬官籍，儿子严世蕃被斩，家产也被抄没。嘉靖四十六年，严嵩病死，终年87岁。严嵩虽得高寿，却没能善终。死前他寄食墓舍，死后"不能具棺椁，亦无吊者"。严嵩的仕途人生，以清纯始，以沮丧终，一路行来，恰似走了一个轮回，繁华落尽，峥嵘毕显，最后的结局不可谓不苍凉。

汤显祖的遂昌

一

公元1593年是怎样的一个年头呢?

它是明神宗万历二十一年。这一年,有两个名人去世了,李时珍和徐渭。另一些名人不约而同地出世——洪承畴、孙传庭、周延儒等等,他们注定要在大明王朝未来的舞台上,演绎一曲曲悲欢离合的戏码。这从一个侧面说明,明帝国在起承转合的历史规律下,还在循规蹈矩地行进着,虽然前途未卜。这一年,意大利人伽利略(Galileo)发明了气温表。而在英国,"只懂得一点点拉丁文和很少的希腊文"的29岁青年莎士比亚写下两部作品:《泰特斯·安德罗尼克斯》和《驯悍记》。他更为知名的作品《罗密欧与朱丽叶》要在第二年才开写。众声喧哗中,明帝国一个失意的中下层官员在这一年遭遇了遂昌。他便是汤显祖,43岁,刚从广东雷州半岛南端徐闻县调任浙江遂昌县知县一职。汤显祖在徐闻做典史已经差不多两年时间了，典史又叫添注，是个编制以外的官员，并不分管具体事宜，可谓体制外临时工。而在两年前的万历十九年，汤显祖还是一个官居六品的南京礼部祠祭司主事。如果不上那篇著名的《论辅臣科臣疏》的话，此人极可能被首辅申时行、次辅张四维等保举参选庶吉士而入选翰林院，日后成为一名内阁大学士也不是不可能的。

　　但是，汤显祖注定要在万历二十一年遭遇遂昌。因为他此前在两千多字的《论辅臣科臣疏》中说："首辅申时行执政，柔而多欲，任用私人，靡然坏政。请陛下……严诫申时行反省悔过。"又说，"言官中亦有无耻之徒，只知自结于内阁执政之人，得到申时行保护，居然重用。"关键是汤显祖认为"皇上执政二十年，前十年张居正把持朝政，后十年申时行专权误国，二人虽性情不同，但结果一样，都以个人的意志结党营私"。这实在是惊世骇俗之言，它不仅得罪了首辅申时行和科臣杨文举、胡汝宁，也让万历皇帝龙颜大怒。汤显祖对万历皇帝登基二十年的政治都作了抨击——前十年被张居正所误，后十年被申时行所误，果真如此的话，皇帝的英明、伟大、正确到哪里去了？由此，一道圣旨将汤显祖放逐到雷州半岛徐闻县为典史。一年之后，汤虽然遇赦，调回浙江遂昌任知县，可情形却好不到哪里去。当时的遂昌虽然是个县，却是处州府下 GDP 差不多最弱的一个县。面积小得可怜，"斗大小县"，地理位置偏僻，处于"万山溪壑中"。由于"学舍、仓庾、城垣等作俱废"（《汤显祖诗文集》），以至于这个地方"赋寡民稀"，老虎和盗贼竟相出入民舍，其蛮荒程度，与徐闻县差不了多少。

这其实还是一种变相的流放。从一处偏僻移至另一处偏僻，从地理蛮荒到心灵蛮荒，皇帝仿佛在报复汤显祖，试图从肉体到心灵都摧毁他。毫无疑问，汤显祖面临着一场挑战。这个出身于书香门第的仕途中人早在21114岁时就中了举人。如果他是蝇营狗苟之辈的话，本可以在1577年（万历五年）、1580年（万历八年）有两次机会得以高中进士，条件是和当朝首辅张居正合作，掩护他几个不学无术的儿子取中进士。因为在当时，海内最有名望的举人一个是汤显祖，另一个是沈懋学。张居正的想法是让汤显祖和沈懋学等人与他儿子同时上榜，成为进士科的同年，以遮人耳目。沈懋学照这个法子做了，得以高中，但是汤显祖没有。虽然张居正的叔父在这场交易展开之前曾经屈尊到汤显祖家中，与他商谈合作细节，但汤显祖却拒绝了这场看上去可以取得双赢的合作。他说："吾不敢从处女子失身也。"汤显祖这句话事实上泄露了他性格或者说命运的密码。性格即命运。如果不肯同流合污，那命运大抵是要形单影只的。汤显祖最后之所以以半隐居的方式从官场后撤，以文学滋养自身，以为其心灵转场的支撑点，这背后的逻辑关系其实是一目了然的。

拒绝跟张居正合作，自然也会拒绝跟张四维、申时行合作，只要这种合作有违程序正义。张居正死后，坐上了相位的张四维、申时行也曾尝试诱以翰林的地位与汤显祖展开交易，汤显祖都不愿意走捷径。直到34岁之时，汤才以一个非常低的名次中了进士，从而展开其无人喝彩的仕途之旅。从举人到进士，汤显祖拒绝诱惑，孤孤单单地走了13年，最后才勉强以一个七品官的身份到南京任太常寺博士。南京的文化气场确实是很强大的。作为帝国的留都，南京的官员们多无实权，他们或放浪形骸，或曲径通幽，试图以别一种隐秘的方式挤进北京权力场，以体味权力带来的实惠与荣光。但汤显祖走的是第三条道路，他与当时南京的徐霖、姚大声、何良俊、金在衡、臧懋循等戏曲名家展开切磋，或行诗词唱和，活得不亦乐乎。如果我们从这个角度看汤显祖为什么会在万历十九年上《论辅臣科臣疏》，或许能读出其背后的性格基础与逻辑基础——书生论政，是不屑于在人情世故上做什么文章的。

所以，在个人命运的曲线图上，汤显祖注定要在万历二十一年遭遇遂昌。而当时的遂昌，显然没有做好拥抱汤显祖的准备。她事实上也不可能拥抱任何人。在浙西南崇山峻岭之间的遂昌，历来不是权力中心所关注的一个县域。遂昌只是浙江处州府下若干个偏远小县之一，即便是处州府，也远不如当时的婺州（金华）府、温州府在政治版图上来得重要。所以汤显祖在万历二十一年目击遂昌时，所看到的"学舍、仓庾、城垣等作俱废"场景，实在是帝国疏于治理的一个证明。帝国版图太大了，需要重点治理的地方又来得多。或许在皇帝眼里，像徐闻、遂昌之类的地方，本来就是作为被贬官员流放的场所，越荒凉越好，遑论治理。

万历二十一年，汤显祖43岁，如果以人生七十古来稀来衡量，他的人生早已过半。在不惑之年与知天命之年的夹缝中上下不靠地晃荡，汤显祖似乎依然不愿意世故。在发现了遂昌的山水之美后，汤开始了他的心灵放逐。妙高山、含晖洞、青城山、小洞峰（大峰岭）、东梅岭、唐山寺等，汤显祖一一体会山水的静美无言。当然，独乐乐不如众乐乐。汤显祖不敢将大自然的静美专属于自己。在来到遂昌后的第三年也就是万历二十三年，明末五子之一、戏剧家、诗人屠隆前来拜访，汤显祖便带着他游青城山、白马山、飞鹤山、三台寺、妙高山等遂昌美景，一一为其指点精妙之处，两人共同陶醉于山水之乐。汤显祖不仅将这份简单而纯粹的快乐带给屠隆，另外也将这快乐带给了云游至此的一代高僧达观禅师（释真可）。汤显祖与其同游遂昌境内的唐山寺、赤津岭等地，禅师赞叹说："天台深处觅高人，几度登临无一身。却上唐山寺里看，池清影现妙通神。"对于汤显祖寄情于山水之间，忘却人间烦恼，这位一代高僧显然是羡慕嫉妒恨的。他在口占《题留汤临川谣》时云："汤遂昌，汤遂昌，不住平川住山乡。赚我千岩万壑来，几回热汗沾衣裳。"汤显祖听了，哈哈大笑，颇有拈花微笑的意思。

汤显祖在遂昌的心灵转场不仅体现在寄情于山水之间，也在于他将人生着力的重心点从仕途转至文学之上。于无人喝彩之时，汤显祖实现了自我救赎。他在遂昌之时，不仅改完了完成于万历十五年（1587）的《紫钗记》初稿，同时还开始了《牡丹亭》的构思和创作。汤显祖写《牡丹亭》，当是其绝意仕途，笔耕以终老的一种证明吧。当一个仕途中人，不再关心权力场上的风吹草动，而是关心子虚乌有一对男女青年的爱情故事，为人间至情至爱牵肠挂肚、呕心沥血之时，汤显祖显然与万历二十一年帝国官场上其他同僚自觉拉开了距离。他在该剧《题词》中有言："如杜丽娘者，乃可谓之有情人耳。情不知所起，一往而深。生者可以死，死可以生。生而不可与死，死而不可复生者，皆非情之至也。"表面上看，汤显祖是在研究爱情，其实质则是反程朱理学，肯定人欲，追求个性自由。这实在是一个官员的思想异动，是其"官非官，终去官"的心理基础。因为在当时的大明帝国，程朱理学是官场中人处世为人的思想和行动根基，但汤显祖在遂昌却开始了静悄悄的蜕变：从官员的队伍中后撤，从世俗的评价体系中后撤，终于将自己后撤成一个品格独立之人。当然独立的代价是巨大的。汤显祖在四十九岁时弃官回家，而遂昌终成其心灵转场的最后驿站。

二

万历二十一年，皇帝却没有完成心灵转场，依然是"心为形役"或者说"心为身役"的一个可怜人儿。当汤显祖在遂昌静悄悄地蜕变之时，我们那个著名的万历皇帝日子过得却很不爽。这一年，皇帝将他的三个儿子一并封王，却遭到了礼部尚书罗万化以及光禄寺丞朱维京、涂杰、王学曾、给事中王如坚、吏部员外郎顾宪成、礼部主事顾允成、张纳陛、郎中于孔谦、员外陈泰来、工部主事岳元声、吏科都给事中史孟麟、礼科给事中张贞观、国子助教薛敷教等人的坚决反对。一场关于"国本"问题的较量让皇帝变得心力交瘁。

事情得从12年前的那个冬天说起。万历九年（1581）的一个冬日，当皇帝在慈宁宫心血来潮临幸了一个不知名的宫女之时，他不知道，帝国的梦魇已是如影随形。这个后来被称之为恭妃的宫女怀孕了，生下皇长子朱常洛。不过在皇帝心中，那个冬夜只是一场游戏一场梦，关于梦的结果，他倒不是很在意。彼时，围绕朱常洛的身份和地位问题，大臣、皇帝以及皇帝身边的两个女人恭妃和郑贵妃开始角力。角力的目的只有一个，谁能承继大统？是皇长子朱常洛还是郑贵妃所生的皇三子朱常洵？

笃信嫡长子继承制的大臣们刚开始是毫无察觉的，因为皇帝并没有明确表示要废长立幼。万历十年（1582）八月，皇长子朱常洛出生之时皇帝没什么动静，但万历十四年正月皇三子朱常洵出生之后皇帝却做了一个耐人寻味的举动：册封郑贵妃为皇贵妃。这是厚此薄彼，都说母以子贵，皇帝对朱常洵之母如此厚爱，会不会在立储问题上有重大突破呢？申时行不安了。正月刚过，二月初三日，内阁大臣申时行就向皇帝提出立储问题。立储问题不是小问题而是大问题，因关系国家存亡根本，所以称之为"国本"。申时行为了促请皇帝早立太子，举例说明本朝的先例，说"英宗二岁立，孝宗六岁立，武宗一岁即立为皇太子"。如今皇长子已经五岁了，这时立为太子，不算太早。最主要的是可以"正名定分"。名分问题解决了，朝廷的人心也就安定了。申时行如是以为。但皇帝却跟他打哈哈，称"皇长子年幼体弱，等二三年后再行册立"。由此，国本问题浮出水面，众大臣人心浮动，开始了长达15年的"争国本"运动。而这样的较量事后证明，结果只有一个——两败俱伤。

万历二十年（1592），较量又一次展开。这一年朱常洛已经十一岁，正月二十一日，礼科都给事中李献可领着六科官员给皇帝上疏，请求对皇长子进行太子养成教育。这是曲径通幽，也是变相逼万历皇帝承认朱常洛的太子身份。李献可上疏说：皇长子朱常洛当及早进行预教，不要继续禁于深宫之中。此疏一上，皇帝当然很生气。他下旨要将李献可外放，贬到地方上去，以为儆尤。但要命的是大学士王家屏拒不执行任务，将皇帝的朱批封还。与此同时吏科都给事中锺羽正、吏科给事中舒弘绪以及大学士赵志皋等人纷纷支持李献可，万历皇帝又一次站到了广大官员的对立面上。万历二十年的故事可以说是六年前"争国本"故事的翻版，皇帝虽然大力弹压，却是人心尽失，帝国的断裂已是触目惊心。

也正因如此，万历二十一年（1593），皇帝才主动出招，将他的三个儿子一并封王。这是以退为进，以为他心仪的皇三子朱常洵上位做好铺垫。但经过几个你来我往的回合之后，皇帝精疲力竭，只得宣布暂停三子并封王的举措。八年之后的万历二十九年（1601）十月十五日，皇帝在国本问题上弃子认输，同意立皇长子朱常洛为皇太子。毫无疑问，在万历二十一年，皇帝是很有挫败感的。他深陷体制、礼仪、亲情与个人心灵自由的巨大悖论中难以突围，日子过得很是郁闷。

三

万历二十一年，婚龄已有11年的莎士比亚婚姻生活并不幸福。他的农民出身的妻子安·哈瑟维对他所谓的事业一直嗤之以鼻。儿子哈姆内特·莎士比亚8岁，对这个世界有着无限好奇。而莎士比亚来到伦敦也有六七年时间，在剧院做了一段时间的马夫、杂役后，直到三年前才有机会拿起笔，尝试为伦敦一家顶级剧团——詹姆斯·伯比奇经营的"内务大臣供奉剧团"写作剧本。此时的莎士比亚根本没有什么代表作，写出来的东西经常被那些有着牛津、剑桥背景的"大学才子"所嘲笑。莎士比亚得到的评价通常是"混迹于白鸽群中的乌鸦"。毫无疑问，这个时候的莎士比亚也面临着他的人生转场。汤显祖遭遇遂昌，莎士比亚遭遇伦敦。同在人生低谷，他们都需要一场挑战，面向自己的挑战。就是在这一年，莎士比亚写出了他一生中最著名的喜剧《驯悍记》，这部作品探索了两性关系以及爱情和金钱的价值等主题，在热闹的故事情节背后，那些带有浓厚的文艺复兴时期关怀人的命运以及人与人之间关系的主题震撼了有着牛津、剑桥背景的"大学才子"们。从这一年开始，他们的嘴里再也没有冒出"混迹于白鸽群中的乌鸦"这样的字眼。莎士比亚在伦敦完成了他的自我救赎，一如汤显祖在中国遂昌所做的那样，他们都在人生困境中发现了另一个新鲜而不可能的自己。

五年之后的万历二十六年，汤显祖在无限的心灵安宁中离开遂昌，离开仕途，开始居家潜心写作《牡丹亭》。在这个世界，他其实是不寂寞的，也是不孤独的，虽然他不知道，在地球的另一边，一个叫莎士比亚的年轻人与他不约而同地开始了心灵起舞。而著名的万历皇帝依然在紫禁城中坐守心灵困城，无法突围，虽然他拥有至高无上的权力，却是倦怠已极，成为一个消极罢工、郁郁寡欢的悲情皇帝。汤显祖则成了人生赢家——遂昌的山水大美无言地成全了汤显祖，汤显祖的人文情怀则在五年的光阴中有意无意地滋润遂昌——历史毫无预警地在万历年间，悄然发生一段有关互相成全的故事……

是为人间佳话。

桃花扇底

如果从创作《桃花扇》的心迹脉络去梳理，孔尚任在30岁写成《桃花扇》初稿，只不过是他科举失利的一个遣怀之举罢了。

康熙十七年（1678），孔尚任30岁。此前12年他考中秀才。秀才在明清时代是指那些通过最低一级考试，取入府、县学的人。18岁考中秀才，说明孔尚任天资还是聪慧的。毕竟孔7岁入孔孟颜曾四氏学堂读书，其目标就是要成为一个有所成就的读书人。但是30岁在济南乡试未中，不能成为一个举人，这对孔子六十四代孙孔尚任来说，还是一件颜面扫地的事情。

其实，从另外一个角度说，孔尚任乡试未中，却成全了他写《桃花扇》的因由。因为乡试未中，所以要出门游玩。康熙十七年（1678）九月，孔尚任落榜一个月后游曲阜石门山。石门山因两山对峙如石门，故而得名。又传说孔子曾在此撰写《易经·系辞》，李白、杜甫结伴游齐鲁时于此宴别，人文底蕴那是相当深厚的。孔尚任于此处赏玩、流连，心情想必是仰慕加惆怅的。然后他就"选胜结庐，隐居其中"。隐居期间，孔尚任写成《桃花扇》初稿。

《桃花扇》初稿，可能只描写了一段才子佳人的故事。才子是侯方域，明户部尚书侯恂之子。年少有才，下笔千言立就。崇祯十二年，21岁的侯方域赴南京应试，像极了孔尚任彼时在济南乡试时的心气，一心想着光宗耀祖。佳人是李香君，与马湘兰、顾横波、卞玉京、董小宛、寇白门、柳如是、陈圆圆齐称为"秦淮八艳"。丝竹琵琶、音律诗词无一不通，特别擅长弹唱《琵琶记》，符合传统知识分子对知性女性的所有美好想象。关键是21岁的侯方域赴南京应试，遇到的李香君年仅15岁，一切都才刚刚开始。开始一段爱情，开始一场风花雪月，这给失意的准知识分子孔尚任提供了很好的精神慰藉。如果仕途失意，或者说仕途没打算让他踏足，那么不妨写一写风花雪月，在隐居中做个世间散淡客，也是可以的。

康熙十七年（1678），孔尚任写成《桃花扇》初稿后，"未饰其藻采"，意思是没有做文字上的修改，直到九年后的康熙二十六年（1687）八月，孔尚任才改写《桃花扇》二稿。那么这九年时间，到底发生了什么，让孔尚任能收拾心情，继续着墨于《桃花扇》呢？

回溯时间之河，看在命运里浮沉的孔尚任如何一步步演绎，走到他39岁时的心境。《孔氏族谱》里记载，孔尚任33岁时"典田捐纳国子监生"。国子监是明清两代的最高学府，照规定必须是贡生或荫生才有资格入监读书，孔尚任只是秀才，必须要以卖地的方式去捐纳一个国子监生的虚衔。康熙二十年（1681），孔尚任在以非正常方式成为国子监生后，向他的曲阜同乡、康熙六年（1667）进士颜光敏写信说："弟近况支离可笑，尽典负郭田，纳一国子生，倒行逆施，不足为外人道也。"但不管怎样，此时的孔尚任，还是有意于仕途的。三年前写《桃花扇》，只是他科举失利一个暂时的遣怀之举。现在的情景，无论是他内心的需求，还是外在的助力，都构成了一道向上的曲线，让孔尚任不再是世间散淡客。"典田捐纳国子监生"后的第二年秋，孔尚任应衍圣公孔毓圻之请，出山为其夫人张氏治丧。治丧既是礼仪，又是资格。这时的孔尚任才34岁，却在孔氏子弟中独占鳌头。为衍圣公孔毓圻之亡妻治丧，起码就儒家之学而言，他的功底是扎实的。35岁，孔尚任修《孔子世家谱》。36岁，也就是康熙二十三年（1684），孔尚任"修《孔子世家谱》《阙里志》，于孔庙训练礼生、乐舞生，监造礼乐祭器，至秋皆竣"。实际上，这种种铺垫，或者说外在的助力，让孔尚任在36岁这一年的十一月十八日，遭遇了康熙帝。当时康熙帝到曲阜祭拜孔庙，游览孔林，孔尚任为他讲经导游，受到了皇帝的赞许。此后孔尚任被授为国子监博士，进京在国子监开坛讲经。38岁时，仕途向好的孔尚任奉命随工部侍郎孙在丰前往淮扬，疏浚黄河海口。39岁时，他开始改写《桃花扇》二稿。

康熙二十五年（1686），孔尚任38岁，他的生命里注定要遭遇一个叫冒襄的人。这场大地上的遭逢是时移世易的岁月里，一个人对另一个人的成全，也是《桃花扇》得以从才子佳人小说沉重转身为表现江山离合巨变这样一部传世之作的唯一契机。这一年冒襄75岁，垂垂老矣。七年之后，他将离开人世。作为明末复社中的著名人物，明亡后冒襄隐居如皋拒绝出仕。他的生命既在隐居，也好像在等待，等待孔尚任的到来，等待给他当头棒喝，等待告诉对方有关生命的气场、容量、至轻与至重；等待教他体悟"活着、通达、固守、成全"等关键词。

康熙二十五年（1686），冒襄与孔尚任遭逢时，是带着这样一些信息的：他先后跟侯方域、倪元璐、王铎、董其昌、钱谦益、赵允彝、熊赐履、杨廷枢、吴伟业、龚鼎孳、陈名夏、宋荦、王士禛、施闰章、魏学濂、顾杲、张明弼、吴应箕、余怀、杜濬、李雯、杨龙友、周亮工、恽寿平、米万钟、顾贞观、陈维崧、戴本孝、邓汉仪等明末清初的四百五十六位名公巨士有过交往，是明末清初正史与野史的目击者、参与者与记录者。关键是，冒襄对侯方域与李香君的爱恋经过也了如指掌。在当时，活跃于明末政治舞台上的"四公子"中的侯方域、陈贞慧、方以智早已离世，对于弘光前后朝廷内外错综复杂的斗争历史及生动细节的口述实录史，非冒襄不能提供。

究其实，这场遭逢，是两人三观的碰撞和融合。冒襄不仕清朝，在时移世易的大变局中有底线，有坚守。明朝覆亡前，冒襄与张明弼结盟，参加复社，同陈贞慧、方以智、侯朝宗过从甚密，抨击阉党，希望改革政治，挽救国家危亡。弘光时，冒襄为主战派成员，史可法曾邀他做监军抗清。清朝鼎定后，冒襄举家逃往浙江盐官，后从盐官回归故里隐居。为了让冒襄为新朝所用，当权人物夸冒襄是"天际朱霞，人中白鹤"，已然降清的复社成员陈名夏也写信要特别推荐冒襄，他都拒绝了。此后，冒襄也拒绝了清廷"博学鸿儒科"的征召，心甘情愿做一个"山林隐逸"。冒襄在老家水绘园内增建碧落庐，以纪念明亡时绝食而死的好友戴建，另外还收养东林、复社和江南抗清志士的遗孤。晚年的冒襄穷困潦倒，以卖字为生，他自述"鬻宅移居，陋巷独处，仍手不释卷，笑傲自娱。每夜灯下写蝇头小楷数千，朝易米酒"，所作所为堪称忠贞之举。

抛开政治层面，实际上冒襄是想告诉孔尚任，人之所以为人，有所不为比有所为更重要。生命当中，功名利禄并非第一需求，在变局中守住内心的安宁，是一件触及生命质量、生命边界的大事情。

所以在这个意义上，儿女情长就显得不那么重要了。对孔尚任来说，这层感悟可谓醍醐灌顶。他不再执迷于侯方域与李香君的爱恋经过，而是探究生命表层的背后，真正弥足珍贵的东西是什么。

与孔尚任交游后没几年，冒襄"以饥寒"死于家祠中。孔尚任则又花费12年时间"三易其稿"，呕心沥血完成《桃花扇》的创作，所谓以"生花之妙笔，写亡国之痛史"（《饮冰室全集》），格局不可谓不大矣。如果细察两人这场生命中的遭逢，首先在于惺惺惜惺惺。对生命的修行，对儒家之道的高度认同，让孔尚任对冒襄一见如故。康熙二十六年（1687），当冒襄以七十七岁高龄，从如皋专程到兴化与孔尚任会晤留住三十日之久时，孔尚任感慨万千道："昭阳天边之水，非不得已如张骞者，孰肯乘槎。先生以弟马齿之故，远就三百里，同住三十日，饱我以行厨之珍，投我以奚囊之玩，促促言别，情何以堪。"生命中的知己之交，跨越了阶层，也跨越了年龄，最终提升的是孔尚任对生命整体观、大局观的认识。

其实提升孔尚任生命整体观、大局观认识的不仅仅是冒襄，还有当时的一些明朝遗老。比如画家龚贤。明亡后龚贤归隐南京，在城西清凉山侧筑半亩园隐居，自绘图像作扫叶老僧状。这是生命的一种高洁状态。对于利益取舍，对于前途通滞，画家龚贤都给孔尚任作了一种示范。因此，两个人的遭逢成为相互的成全。孔尚任到南京拜访七十高龄的龚贤，龚贤成全孔尚任的精神追求；而当龚贤拒绝达官显贵横索书画的要求，骤然而逝后，孔尚任感其高义，驱车前往哭吊，并为其料理后事，抚养孤子，收集遗书。

比如遗老王弘撰。明亡后王弘撰和顾炎武一道北游边塞，哭吊明陵。康熙十七年（1678），北京举办博学鸿儒科，王弘撰拒绝被推荐，作诗"故心终不移，明誓鉴黄泉"，显示其生命的高洁状态。比如遗老张怡（字瑶星）。张怡在明亡后，出家在南京栖霞山白云庵，以示不与新朝共存。孔尚任遭逢张怡，有诗为证。《白云庵访张瑶星道士》诗云："淙淙历冷泉，乱石路频转，久之见白云，云中吠黄犬。篱门呼始开，此时主人膳，我入拜其床，倒屣意颇善。著书充屋梁，欲读从何展，数语发精微，所得已不浅。先生忧世肠，意不在经典。埋发深山巅，穷饿极淹蹇，每夜哭风雷，鬼出神为显。说向有心人，涕泪胡能免！"

不仅是人与人的遭逢，还包括人与大地的遭逢。为了写好《桃花扇》，孔尚任实地考察秦淮河畔风流故地的民情风俗，还曾到明故宫、明孝陵凭吊故明史迹。这些时移世易岁月中来自大地的体察最终重塑了孔尚任：比儿女情长和功名利禄更重要的，是家国和良知。康熙三十九年（1700），在《桃花扇》三易其稿而书成后的次年，孔尚任被罢职回家，终身未再做官，原因或许是《桃花扇》表达的兴亡之感、故国之思激起了权力中枢的猜忌心，但孔尚任已然不在乎仕途得失了。

《桃花扇》全剧结尾《哀江南》唱道：

> 俺曾见金陵玉殿莺啼晓，秦淮水榭花开早，谁知道容易冰消。眼见他起朱楼，眼见他宴宾客，眼见他楼塌了。这青苔碧瓦堆，俺曾睡风流觉，将五十年兴亡看饱。那乌衣巷不姓王，莫愁湖鬼夜哭，凤凰台楼枭鸟。残山梦最真，旧境丢难掉，不信这舆图换稿。诌一套哀江南，放悲声，唱到老。

这个结尾，很有《红楼梦》的空灵之感。而孔尚任因为写出这样一部作品，让自己与当时那些在红尘中忙忙碌碌为功名利禄谋的官吏拉开距离，成为了一个人格伟大、心灵自由的人。

大 地 · 视 野

闯关东、走西口、下南洋，那些人与自然遭逢的
故事，构成了我们祖先的拓荒史和心灵史。这块
土地上的种种地域文明，是先人们用脚板与性命
走出来的。

丝绸邮路上的心香

公元前139年，是建元二年，这一年，在遥远的古希腊，"方位天文学之父"喜帕恰斯精确地计算出了朔望月的一种时间。而在中国，汉武帝年满18岁了，新政力度正逐步加大，欲废黄老而重儒学，却因为窦太后反对，改革半途夭折。

25岁的见习文官张骞在这一年受汉武帝派遣，雄心勃勃地带着一百多个随从，开始了出使西域的努力，他的使命是联络大月支，与大汉朝共同抗击匈奴。张骞一行从陇西出发，很快进入了河西走廊……这个志存高远的年轻人当时不知道，他踉踉跄跄丈量的不仅是连接东西方文明的陆上通道"丝绸之路"，同时也与"邮驿"这个关键词密不可分。

两千年来，丝路和驿站就这样相互依存，你中有我我中有你了。丝路因驿站而增加活力，驿站也因此驮起了一个民族或者说国家沟通天下的雄心与欲望。

"丝绸之路"形成后，大汉王朝断断续续做了一项工作，叫"设两关，列四郡"。所谓"设两关"是在河西走廊尽端设立玉门关与阳关，两关以西称之为西域；"列四郡"是相继设立武威、酒泉、张掖、敦煌四郡。大汉王朝如此系统布局目的只有一个，那就是完善西域的通信交通网路。《后汉书·西域传》说："立屯田于膏腴之野，列邮置于要害之路。驰命走驿，不绝于时月。"具体而言，指的就是汉朝举倾国之力营造丝路东段长达4000余公里的邮路。

邮路迢迢，堪比国脉。它责无旁贷地串联起了两千年的中外交流史——邮驿因丝路而通达印度、中亚、波斯等地，使得古代中国、印度、希腊三种伟大文明得以交融。而迢迢驿路在千百年的时光中也见证了一个个朝代的兴衰浮沉。敦煌，古代丝绸之路的重要关口。各种公文、书信，曾经在丝路沿线"五里一亭，十里一障"的驿道上急急传送。值得一提的是，当时还有角上插羽毛的信，就好比是今日的"加急"快件，驿骑们必须快马加鞭，急速进行传递。由是，信息流在遥远的丝路上，便有了最初的雏形。

1992年，一个意外的发现让古代驿站的秘密曝光在敦煌现场。这一年，敦煌发现了一个名曰"悬泉置"的驿站。数万片简牍被存放在那里，其中的大部分都是传递过程中的书信。当年邮驿之刹那芳华、丝绸之路远去的碎影流年，都在那些被尘封的信牍中，天机泄露。所谓春光乍泄，人间已是别样天。

一直以来，邮路上的故事数不胜数。它可能是诗情画意的。说"古驿通桥水一弯，数家烟火出榛菅"，说"折花逢驿使，寄与陇头人。江南无所有，聊寄一枝春"，说的都是古代驿站的风光。

更多的时候，邮路上的故事可能是刀光剑影的。敦煌遗书中，一封名曰《为肃州刺史刘臣壁答南蕃书》，便是安史之乱之后，吐蕃大兵压境的情况下，从敦煌向肃州（今酒泉）发出的一封求援信。这封求援信，最终因为战乱致驿道受阻，而未送达目的地，在敦煌藏经洞中沉睡了千年。邮路上的惆怅与无奈，由此可见一斑。

不过丝绸邮路真正的意义，还在于它沟通了东西方各民族、各国家之间的情感与价值观。化干戈为玉帛，在丝绸之上，还有人类的心灵或者说普世价值。书信，最早应该是作为人与人之间沟通和传递信息的媒介而出现的。它是人类文明的象征。而中国书信又具有很鲜明的民族性。用毛笔书写优美文字和语言的信札是东方独有的文化。在中国书信文化里体现的是儒家"卑己尊人"的处世哲学，体现了中国式礼节和思维，也体现了中国人的谦卑、平和、慈爱、忠孝等优秀品质，对整个东亚文明都有很深的影响。丝绸邮路开通之后，民间书信往来的背后，毫无疑问是东西方文化背景和处世哲学的不同。和而不同，和谐永远是主旋律。这是丝绸邮路真正的价值之所在。

也因为如此，自汉以降，历朝历代，对丝绸邮路无不精心维护，并加以发扬光大。唐代，丝绸邮路干道，仅中国境内，5000余公里就有60多个驿站，可谓接应周全。《通典》记载说，"出西京安远门，西到凉州，再西到西域各属国凡一万二千里，沿途有驿，供行人酒肉"。这大约是丝绸邮路上的人性化关怀吧。考察唐代邮递系统，最有特色的还是"明驼使"。顾名思义，"明驼使"是使用骆驼作为交通工具来传递信件的。一些笔记小说描述这种骆驼"腹下有毛，夜能明，日驰五百里"，虽然不无夸大其词，但也可从中看出唐代和西域交往频繁。丝绸邮路，让各民族间的民间和官方交往，变得不再遥不可及。

到了元代，丝绸邮路进入2.0版本。元代地跨亚欧大陆，这样一来，由于军事范围和疆域的扩大，原本只在交通要道上设立的"急递铺"，就如雨后春笋般遍布西域，甚至远到欧洲，形成一个贯穿欧亚大陆的邮驿网络。《元史·地理志》记载说，"元有天下，薄海内外，人迹所及，皆置驿传，使驿往来，如行国中"。丝绸邮路由此迎来了多元化、多样化发展的新时代。战争转化为和平。元朝攻城略地的血雨腥风，在民间书信春风化雨的传递下，开始渐渐有了"润物细无声"的气息。原来邮路，在某种意义上，也可以是和平与文明之路。

　　清光绪年间，随着新疆官电总局的设立，电信开始一步步在丝绸邮路上确立地位。民国元年，新疆正式划为一个邮区，归北京邮政总局节制。但邮路不会喟晚，时移世易的消息也不会让丝绸邮路上的民间书信往来日渐式微。相反，1914年，中国正式加入了万国邮政联盟。丝绸邮路开始走向天下邮路，书信，在一个新的平台上，作为集文学、美学、书法、礼仪、纸张等文化于一体的综合载体，依然且永远是表达人类细腻情感、传承民族文化的心香一瓣。

　　丝绸邮路的那些碎影流年，始终不曾远去。

人间泥土　涅槃重生

龙泉这个城市是有王霸之气的。

中国其实多山野之地。崇山峻岭间，犄角旮旯处，一个一个盆地式的小城寂寞开无主地独自生长。三五百年间，也出个把名人，就如中彩票一般，只要你熬得过时间，总有收获。但龙泉不一样。龙泉出名人首先在于它的"质"。比如写"春色满园关不住，一枝红杏出墙来"的叶绍翁，南宋大学者、永嘉学派创始人叶适都是龙泉人，值得一提的是，叶适还是中国市场经济理论的鼻祖。他晚年定居永嘉，主张通商惠工、扶持商贾、流通货币，视野与格局都不是山野之地的人所习有的。这从一个侧面说明龙泉这个城市并非等闲之地。

龙泉现在人口不足30万，古时人口约在数万间增减，真的可以说是地窄人稀。但即便这样，龙泉出名人的数量还是令人吃惊。除了叶绍翁和叶适，北宋宰相何执中、南宋宰相汤思退、北宋文豪叶涛、北宋副相管师仁、南宋考古学家叶大庆等都是龙泉人。质与量都非同凡响，龙泉的文明涵养大约是可以确认的。那日午后，我独自在阳台上读闲书，于昏昏欲睡间看到宋徽宗形容龙泉青瓷时说——"雨过天青云破处，这般颜色做将来"，心里猛地一惊，我想我应该是找到解读人文龙泉的突破口了。

青瓷。

一

相对于完整的青瓷艺术品，我更关注作为碎片形态存在的青瓷。

龙泉青瓷博物馆。从国家一级文物到三级文物的青瓷陈列有序。转到最后一个展馆，是触目惊心的碎片青瓷。它们被有尊严地摆放，一一注明出土地。与此同时，那些同样被废弃的窑址也开始有了尊严和生命——一如母体，有了圣洁的光辉。在时间的压力之下，人心的欲望浮沉以及时移世易的政治变迁中，每一个保存完整的青瓷背后，毫无疑问都有成千上万曾经惊艳世人的青瓷在奠基。它们现在沉默地以碎片的形式来承载文明的记忆，记录泥与火的秘史，记录这个人文城市最初的文明实践——以最泥泞不堪、卑微到尘埃里的土，在水与火的交媾之后，诞生出具备美学和哲学意义的瓷器。

而青色，是人间泥土涅槃重生的胎记。

大窑龙泉窑遗址，位于龙泉市西南小梅镇东北10里的大窑村一带，西起高际头村，北迄坳头村。沿溪10里的山坡上，被发现的53处窑址仿佛都是遗世的证人，证明曾经的文明，是如何的芳华绝代。大窑村《官氏家谱》描述说——"琉华含璋、三龟献瑞、石溪云堆、金巷流芳、琉田种玉、碧涧渔矶、溪源清隐、龟山古庙"，这是形容曾经的"琉田八景"，所谓琉田，指的就是琉璃满地的意思。而所有的琉璃其实都是青瓷碎片，是瓷人们不允许有瑕疵的青瓷诞生人间，这是大窑瓷人的自尊与自傲，也是龙泉青瓷的纯粹性与极致性得以千年保持的不二法门。

大窑龙泉窑遗址，千百年前的炉火早已经熄灭，只余历史的现场，让后人依稀可以想见，一只青瓷从瓷土到精品，要经历何种浴火重生，才能劫后余生般地来到人间，接受世人的啧啧惊叹。而前尘往事，已如三生石一般，不可印证，无法追忆。

胎料制作的第一步，对瓷土来说，关键词包括粉碎、淘洗、练泥等过程。这些词眼如春光乍泄一般，透露了土之所以为土、青瓷之所以为青瓷的云泥之别。粉身碎骨、面目全非是必须的。土壤母体当然是温暖和包容的，但是不乏杂质与粘连。所以粉碎、淘洗、过滤、练泥等过程，是青瓷胎料制作的第一步。"胎料"这个词很有意味，它真真是涅槃重生的开始。是对过去的告别，也是接受再炼狱的开始。因为龙泉青瓷的成型，需要经过拉坯、修坯、装饰（以刻花为主）等几个工序，待坯体干燥之后，再进行素烧（上釉之前的烧制）定型。当然上釉之后，还要经过上千度高温的反复考验。毕竟釉色是龙泉青瓷的灵魂，反复的上釉、反复的烧制，目的就是接近无限圣洁的"青"，就像宋徽宗所说，"雨过天青云破处，这般颜色做将来"，那是接近美学与哲学的化境的。

　　所以龙泉青瓷的制作是一项"土与火的艺术"，琉田之所以满地碎片，就是因为瓷人们尽管孜孜以求，成品率还是非常低，十件产品能够烧成一两件就算是不错了。九成产品一碎了之，从而将大窑村变成了琉田。在大窑，即便在当代，村民起屋盖房时，还是不小心会挖出遍地的青瓷碎片。每每于此，政府都会贴出告示——严禁盗挖、私下交易青瓷碎片。因为这些当年被瓷人们一弃了之的碎片，其实也是青瓷艺术品。一项艺术的高标准践行百千年，才可以使龙泉青瓷脱颖而出，达到真正的价值连城。

　　这是瓷的胜出，也是瓷人的胜出。在历史的现场，文明的碎片依然深埋在地下，不事声张，甘愿奠基。这或许才是青瓷的宿命。如果你做不到最好，很可能永远见不了天日。而深埋地下唯一的价值便是成全。

　　成全青瓷的声名，成全"雨过天青云破处"时那一抹接近无限圣洁的"青"。

二

哪一段晦暗不明的历史，才是龙泉青涩的童年呢？

公元420年是"永初元年"，南北朝时代南朝的第一个朝代生机盎然地开始了。龙泉查田下堡村，一个家境富裕的人家为刚刚死去的亲人埋下了包括"鸡首壶""鸡冠壶""莲瓣碗"等8件青瓷在内的墓葬品。或许他们不知道，自己亲手埋下的，其实是龙泉青瓷青涩的童年时代。这是春天里的童话，青瓷在彼时的龙泉制作粗糙、产品单一，多为灰胎青黄釉。

但是万物生长。青瓷这门艺术也在时光的打磨下开始有了自己的光芒。胎壁薄而坚硬，质地细腻，呈现淡淡的灰白色。经过五代到北宋早期，最高统治者的眼光被龙泉的窑火所吸引。他们想看一看，经过了那么多年的等待之后，关于青瓷，龙泉会带给世人怎样的惊喜。于是，上等的青瓷开始了朝贡之路。从江湖到宫廷，龙泉青瓷以其纯粹和孜孜以求为自己赢得了皇宫里的一席之地。

真正的惊艳是在南宋时期。地缘政治在美学和哲学之外，以一种不由分说的方式催生了龙泉青瓷的盛放。帝都的南迁、临安的繁荣，使得龙泉青瓷的外部环境变得前所未有地好。一方面北方名窑（汝窑、定窑）因为战争的原因变得繁华不再。帝都都南迁了，曾经的瓷器还能够安放宫中吗？另一方面，越窑、婺窑、瓯窑也因为各种原因走向没落，这使得龙泉青瓷一枝独秀。窑场遍布龙泉，多达260多处，全国最大的制瓷中心在龙泉建立了。"哥窑"与"弟窑"争奇斗艳。特别是哥窑为宫廷烧制专用瓷，成为了一个时代的传奇或者说秘史。

龙泉青瓷至此被政治或者说世俗的权力紧密裹挟，一荣俱荣一损俱损。这是艺术的荣光，但也可以说是她的悲凉。青涩的童年早已经走远，政治变迁打造了龙泉青瓷的独特魅力，也影响了她的审美。龙泉青瓷之青不仅是自然之色，也是皇家之色。她的青天之色，神秘、圣洁而高贵，但无形中却倡导了"敬天爱神"的理念。唐代诗人陆龟蒙在《题秘色越瓷》夸赞青瓷釉色之美："九秋风露越窑开，夺得千峰翠色来。"但这釉色之美，在南宋皇权背景下，似乎也蒙上了沧桑感。"梅子青""粉青""灰青""豆青"，窑焰浓淡之间，龙泉青瓷长袖善舞地呈现了冷暖之变幻，就像风霜女子，就像四季时空下的山川、湖水，美艳动人却又伤感莫名。

到了元代，权力的粗暴化与审美的粗鄙化，导致龙泉青瓷胎骨逐渐转厚，而且也开始变得粗糙，造型也不及宋时优美。宛如徐娘半老，幽怨却又难与人言。

明清之后，政治对青瓷的影响是两个关键词。一是海禁，龙泉青瓷外销之门骤然关闭。曾经的海上丝绸之路成为遥远的传说；二是苛税。朝廷对青瓷课以重税，导致窑场纷纷倒闭。青瓷之花，在皇权的重力一击之后，无奈凋零。

从青涩的童年走向饱经沧桑的暮年，在时移世易的背景下，龙泉青瓷明暗变化，隐喻了一种艺术与政治权力的复杂关系。但凋零不是死去，涅槃必定重生。艺术远比世俗政治更为长久。有一些人，见证或者说参与了龙泉青瓷的勃兴与重生。

三

瓷养人，人也养瓷。瓷与人的关系是微妙互动的。应该说这是一个生灵对另一个生灵的吸引与涵养。在龙泉青瓷史上，人的故事其实比瓷的故事更加血肉丰满。他们总在历史的关键节点上，华丽转身，力挽狂澜。

公元1127年是靖康二年。这一年二月六日，徽、钦二帝被废。七日，心事重重的徽宗被迫前往金营，金朝另立张邦昌为帝，建立了一个名为"大楚"的傀儡政权。靖康之耻的时代，江南处州，一个名叫章有福的瓷匠给他两个先后出生的儿子取名章生一、章生二。这是个很有哲学意味的命名。《道德经》第42章说："道生一，一生二，二生三，三生万物。万物负阴而抱阳，冲气以为和。"老子寥寥数语建构或者说解释了宇宙万事万物的来源与演绎。瓷匠章有福给他儿子的命名其实也有类似功能。若干年后，章生一、章生二成了哥窑和弟窑的创始人。

哥窑和弟窑，是龙泉青瓷制作史上的重要收获。它是平民史诗，却在江湖田野之间，解释与演绎了青瓷世界的极致之美。大国工匠，在那个遥远的时代就横空出世了。现在两兄弟以塑像的形式出现在大窑村的安清祖社里，和他们并排站在一起的，是明正统年间督窑官顾仕臣的塑像。这或许是艺术与世俗权力的第一次平等站立吧，甚至在后来，章生一、章生二两兄弟被封神了。瓷神。对人的尊重，或者说对瓷人的尊重以这样一种稍显民俗意味的方式呈现出来，这大约便是中国语境。

廖献忠跛着脚站在晚清的猎猎寒风中，茫茫然不知所之。这位满腹经纶的秀才已经明确知道，自己因为身体残疾已经入仕无望了。这是一个人的人生困局，但对于龙泉青瓷来说，却是涅槃重生的开始。彼时，龙泉青瓷的技艺近乎失传。哥窑和弟窑已是久远的传说。似乎没有人可以力挽狂澜，但是历史的翻云覆雨手却指向了廖献忠，他不经意间竟然承载了复活南宋古瓷制作技艺的使命。廖献忠仿"弟窑"青瓷，几可乱真，可以说是以一人之力回到了哥窑和弟窑时代，致敬他的前辈们，致敬龙泉青瓷的美好时光，也使得制瓷绝技在民国的民间江湖还能气若游丝地存在。这是龙泉青瓷命不该绝，也是瓷器艺术生命力坚韧的一个指征。

瓷器坚韧。瓷人也坚韧，且有趣。

1924年，冯玉祥发动"北京政变"，溥仪被逐出宫禁。王朝唱晚，一切价值观都在变动，很多人都在重新寻找自己的人生定位。业余摄影爱好者陈万里拍摄了溥仪出宫时的场景，附带也拍摄了故宫收藏的瓷器。这位清室善后委员会委员被龙泉青瓷的光泽与色彩吸引了。1928年5月，陈万里首次做龙泉窑考古调查。此后他八赴龙泉，不仅发现龙泉青瓷的遗世之美，而且最终让已经沉寂多年的龙泉青瓷窑火重新燃起。

当然这不是陈万里一人之功。20世纪50年代的中国，让龙泉青瓷浴火重生的人还包括李怀德。他保存着祖先从南宋一代代传下来的龙泉釉的工艺配方。甚至故宫还提供了一件最典型的南宋（龙泉）青瓷做实验，以求得龙泉青瓷胎釉的精确配方。这实际上是龙泉青瓷的隔时空对话，是牺牲前世成全今世。瓷人坚韧，瓷器也坚韧。所谓前赴后继、毁誉求全，最终托举的，无非是意境。

这也恰恰是青瓷的真意。

四

　　浙江宁波，福建泉州，宋元明时期主要贸易港口。龙泉青瓷从这里起运，参与开拓了三条海上贸易航线。这是海上丝绸之路的开始。

　　输出美学，输出中国意境或者说中国元素。这是青瓷的价值所在。欧洲萨克森国王奥古斯特二世，不惜花重金购买龙泉青瓷，还特地建造一座宫殿，专门珍藏中国青瓷。事实上他买的不是青瓷，而是中国镜像。应该说奥古斯特二世购买或者说珍藏的，是中国"天人合一"艺术的最高境界。而这样的珍藏是有魔力的。当奥古斯特二世听说其邻国普鲁士王威廉的妃子也珍藏有大量中国瓷器，就想占为己有。公元1717年4月19日，这位萨克森国王竟然以600名强壮士兵换来普鲁士的127件中国瓷器，包括龙泉青瓷花瓶。这应该是艺术的魅力或者说征服力吧。

　　在世界各地，关于青瓷，各种传奇的说法层出不穷。在欧洲，龙泉青瓷有着"雪拉同"（Seladon）的美名，将龙泉青瓷的色泽风韵与欧洲名剧《牧羊女亚司泰来》男主角雪拉同的美丽服饰媲美。在阿拉伯国家则被称为"海洋绿"。其实关于青瓷，美学之外，还有中国式哲学。这是青瓷海上丝绸之路得以拓展的精神内核。中国古代哲学的五大元素是金、木、水、火、土。青瓷的原料取之于土，又要经过松柴烧制，制作过程中又要用到瓯江溪水，釉彩中所含的微量有色金属元素又是金，龙泉青瓷合于天道，对应于阴阳，生成于五行，简直就是中国哲学的器物化。所谓向世界输出文化、输出价值观，青瓷已然是最好的形象代言人。

青瓷温润。这一温润，转眼已是千年。

东北大地上

天道恒常，人与大地的遭逢是恩赐与接纳。

是惺惺相惜，也是相互成全。

一方水土养一方人，人是大地忠实的皈依者、匍匐者。山川、河流；高原、洼地。人是在大地的恩赐下才得以在这个蓝色星球上繁衍生息的。而种种文明的产生，大多只是人对大地的修饰与回馈。

如果以悲悯之心看这颗星球上的精灵，迁徙大多是大地的恩赐不足以养活族群情况下的无奈之举。因为迁徙意味着陌生、不可知，意味着各种凶险的接踵而至，意味着现有文明的丧失，新生文明的尚未建立。当然，迁徙也可能意味着新鲜、肥沃土地的发现，异质文明的介入。

它是悲欣交集的旅程。

从人的自然属性来说，迁徙是为了更好的生存或者说生活质量。一份统计资料表明：从1661年至1753年的

92年间，山东人均耕地面积从10亩多下降至7亩，1766年至1887年，人均占有耕地始终在两三亩水平上徘徊。人多地少，迁徙便成为关内农民闯关东的生存动力。星球之上，为了更好地活下去，出走、在路上与生命质量形成了内在关联。

但是，从人的社会属性来说，迁徙关乎尊严、家国同构，关乎一个族群的领地意识。"九一八"事变后，日本持续开展向中国东北移民计划，试图让大和民族成为东北的主体民族，以一种政治性明确的迁徙行动来拓展日本版图。为了对抗日本的移民计划，当时有人提议有组织、有目的地从山东、河北甚至河南、安徽等地以每年300万人口的速度向东北大量移民。只是时局混乱，此议终不能行。最终赶走日本人的还是东北抗联等武装力量。当迁徙遭遇政治，多少生灵涂炭。只是对这个星球来说，公道自在人心，和人心一样广袤的是无垠的星空。道德、秩序、那些埋在内心深处的行为准则，才最终决定大地上族群间的生存版图。

大地上的遭逢，首先遭逢在舌尖之上。家乡和他乡的菜肴相互激荡，有时便相互缠绵，你中有我我中有你，分不清谁是谁了。比如东北菜锅包肉，和关内糖醋里脊的口味很接近，但同时它和满族古老的宫廷风味名菜——焦烧肉条的做法殊途同归。很明显，这是糖醋里脊和焦烧肉条的合二为一，是关内和关外两道名菜的温暖遭逢。当芡汁用高油温烹入到锅包肉里时，那些闯关东时百感交集的艰辛旅程，仿佛也有了些温暖的味道。

当然，味蕾的洗礼带来的不仅仅是感官的异样感受，更是鲁菜背后儒家学派的春风化雨、润物无声。鲁菜大方高贵而不小家子气，堂堂正正而不走偏锋，正是儒家学派中正大气的物化表现。

鲁菜体现在饮食哲学上，讲究的是饮食礼序、以食喻礼——吃饭固然重要，更重要的是它被视为维护"礼法"的手段。

要口味清淡，中和五味。因为淡味是大味，也是至味。就像中庸之道，只有不偏不倚，万事万物才能尽在掌控。

也要五味调和。五味杂陈不可怕，关键是要调和。鲁菜以烹饪之道喻示政治哲学：要允许不同政见的存在，更要有调和不同政见的能力，达到融合与和谐。治大国如烹小鲜，大地上的遭逢仿佛空谷足音，全看遭逢者的悟性与造化了。

在东北，人间烟火气不仅体现在炊烟里、炕头上，也体现在《松江春饭店菜谱》上。松江春饭店是哈尔滨历史上著名的山东帮"奉派"大饭店，1939年由"奉派"厨师领军人物张俊臣等人合股所开。松江春饭店的菜肴分"贵重品、海产品、鸡鸭类、荤盘类、肉类、汆汤类、野菜类、甜菜类、点心类、大件类"十大类，共213道菜肴。这其中除满族大菜外，还有很多京鲁菜，包括软炸里脊、滑熘里脊、樱桃肉、炒肉拉皮、氽丸子汤、拔丝地瓜、熘三样、炸茄盒等。满汉融合，在关外一家饭店的菜谱上做到了和谐统一，这是大地上遭逢所带来的结果之一种。

遭逢带来的改变不仅是舌尖上的美食，另外还有口舌功夫——闯关东最基本的改变还是语言上的改变。

为了保护清王朝的"龙兴之地"，清朝统治者对东北封禁长达200年之久。所谓"国语骑射"，这里的"国语"即"满语"。可以说满语作为满族人的身份象征，曾经遭遇特殊保护。限制满族人学习汉语、改用汉姓，这在当时是一种"国策"。但是春风化雨，遭逢既已开始，一切便走向融合。满族人为学习汉族先进的生产技术，就主动学习汉族的语言文字；满族官员要管理东三省事务，处理旗民交涉事件，不通汉语是不可想象的。

语言的遭逢不仅是信息的沟通，更与秩序、亲情、礼仪有关。这是来自孔孟之乡的文明启迪。秩序，作为政治统治和家政管理的根本，需要以语言为载体，进行晓示。以亲属称谓为例，山东方言以父系称谓为中心，长幼有序，老少分明，具有严格的秩序性。这给文明程度相对落后的东北满语区做了言传身教的工作。遭逢，只有人与大地的遭逢，人与人之间跨越了山海诸关的遭逢，才是文明得以相互熏染的必要条件。

在语言对语言如此这般的熏染嬗变过程中，孔子最深刻最有价值的引仁入礼文化，简单地说他以仁为核心内容、以礼为规范形式的仁学思想体系，才可能通过语言的碰撞与改造，得以体现出来。这是家国同构的重大意义。

其实满汉融合，体现在语言上，不仅是汉语对满语的渗透，也包括满语对汉语的渗透。"瘆人"（吓人、使人惊恐害怕之意）、"秃鲁"（做事不履行，约不践言）、"喇忽"（遇事疏忽）、"特勒"（衣冠不整）等现在通行的东北话其实都源自满语。吉林是满语"吉林乌拉"的简称，哈尔滨满语意为"晒渔网的场子"，齐齐哈尔满语意为"天然牧场"……在东北同一天空下，白山黑水之间，满汉两族在遭逢中走向相互悲悯、相互依存。这是大地上的慈悲，在关于生存和生活的哲学里，一种共通的文明在被共同创造着。所谓百感交集的人生，总是依托于一方水土养一方人。当饮用了共同的水，耕耘了共同的土地，命运的依存感便难舍难分。

的确，茫茫白山黑水，没有什么不是语言不能覆盖的。当贫乏遭遇丰富，简单遭遇多元，这个星球大地上的生灵，通过迁徙与遭逢，通过口耳相传的信息传递，让文明在更高的维度上达到了统一。

语言之外，更高的文明维度还包括各种习俗，比如婚姻习俗——在结婚年龄上，满族旧俗提倡早婚，好多未成年人十三四岁就结婚了，对身体的摧残不言自明。但在闯关东的汉族人影响下，至民国时满族人多在18岁以上才结婚。另外满族传统婚俗盛行"收继婚"，即"父死娶其妾，兄死娶其嫂"。汉族崇尚的儒家礼教进来后，满族逐渐取缔了在汉人看来是乱伦的"收继婚"习俗，毫无疑问这是婚姻文明的进步。

在丧葬习俗上，满族则给汉族有益启示。汉族家里老人去世，孝子有"守孝三年"的习俗。这是为"孝"字所累，同时也不利于生产发展。满族则是"百日治丧"。即便百日，也不是停止一切生产活动，只是子孙后代不理发，以此来表示对死者的怀念。在东北，汉族学习满族的丧葬习俗，在丧葬文明上可以说做到了取长补短，与时俱进。

在娱乐习俗上，东北二人转艺术是东北大秧歌和河北莲花落的有机结合。这是闯关东的旅途上，一种艺术与另一种艺术的遭逢，也是关内人和关外人对生命的共同感悟。大地赐我以痛，我却始终以纯朴、乐观待之。这是大地主人应有的态度，也是满汉两族人在白山黑水间的征服之歌。

知名历史学者菲利普·费尔南多-阿梅斯托说："文明的本质是人类与自然的互动关系，而文明的程度要参照所在社会拥有的条件来衡量。"东北黑土地，由于迁徙者与土著者几百年来绵延不绝的遭逢，文明得以发酵与嬗变，大地上的生灵得以倾听文明每一次"嗞嗞"拔节的声音。这是多么美好的声音啊，那是人之所以为人、大地之所以为大地的福报，仿佛已然抵达物我两忘、万事万物欲辨已忘言的境界，一切都恰到好处。

热乎乎的情感　泪涔涔的重逢

走西口，最需要关注的是人的细节，人的情感与选择。

无数区域文明的碰撞与融合，包括农耕文明、中原与游牧文明的碰撞与融合，其实都是一个个普通生灵在"活着""活下去"的欲念下步履蹒跚地走出来的。

雁门关

行走，遭遇雁门关。雁门关，是大雁南下北归的主要中部通道。作为天下第一关，大雁在这里不能飞得更高，只能从雁门关进出。而走西口，其实也与大雁类似，为了生存，要进出这个关口。

行走，才能带来活着的可能。活下去，才有让文明更加多样化的可能。但现在，雁门关内外，需要翻越。翻越，首先遭遇的是情感主题。

"上一个黄花梁呀，两眼哇泪汪汪呀，先想我老婆，后想我的娘呀！""嫁汉不嫁走西口汉，一辈子夫妻二年半。"大地上的行走，大多以人为的夫妻、母子父子分离为代价。情感，不得不让位于生存。

雁门关内外，固守文明被连根拔起，迁徙文明在情感煎熬中血泪模糊地形成。

歧道地

雁门关黄花梁，有个叫"歧道地"的地方。所谓"歧道地"，其实是选择地：一条途经左云、右玉，去往"西口"——杀虎口；另一条经由大同、阳高、天镇去往"东口"——张家口。

走西口，最终目的地是蒙古草原。当然蒙古草原也可以是一个意象词。草地丰腴，牛羊遍地。只是抵达它，中间有九九八十一难。"歧道地"是九九八十一难的一个象征词，它说明了选择的重要性。

但最无奈的地方，是选择的不由自主：面对两条不同方向的线路，走西口的人大多数只能用脱鞋子、扔鞋子来决定人生路——鞋子指向哪个岔口就走哪条路，以后路上遭逢的人与事，都在脚下鞋子中。

河灯

　　走西口，不仅要遭遇情感主题，更要遭遇生死主题。大地上的遭逢，首先遭逢生死。这对迁徙者来说，是关乎肉体存亡的极大考验。

　　因此，河灯便是安慰，是盛放、接纳，是叶落归根、魂兮归来，是安魂曲与转世歌。在与内蒙隔河相望的小县——河曲，每年鬼节也就是农历七月十五，最重要的关键词便是"河灯"。

　　河灯，一盏一盏地从黄河中央放下去。三百六十五盏河灯，随波逐流，在黄河中央四散开来。每一盏灯都代表了一个孤魂。孤魂游荡，在漩涡、激流中历尽重重考验，就像那些走西口的人儿，在命运的漩涡、激流中遍尝人生滋味。那些命定的旅途是一定要走完的，那些粉身碎骨也是舍我其谁必须经历的。人之所以为人，即便仅仅是活着，也要拼尽全力。所以河灯，要带着客死异乡的灵魂逆流而上，从生命的终点重返生命的起点。那些旅途上曾经有过的遭逢，最终都要百感交集地还给命运，还给走西口人那么深刻体验过的人生滋味。这让种种遭逢，刹那间有了圣洁的光辉与意味。

库布其沙漠

库布其沙漠，中国第七大沙漠，却被走西口的人称作"鬼门关"。"库布其"其实是蒙古语，意思是弓上的弦，因为它处在黄河下像一根挂在黄河上的弦。但就是这根弦，拨断了多少人的命运之旅——在进入真正的蒙古草原之前，库布其沙漠给走西口人致命一击。如果遭逢了极度干旱、高温、风沙，你还能挺过去，命运才可能给你一丝柳暗花明。

所以便有"马口"的产生。"马口"其实是"豁口"，当走西口人走进荒无人烟的沙漠，必须要给自己找个窝。必须要能度过今晚，才可能拥有一个喘气的明天。要选择一个土质较好的沙丘，挖开一个"豁口"，架上扁担，盖上草席，四周用土压住，地上铺些沙蒿。它其实跟地鼠打的地洞没什么区别，你遇到沙漠，就必须学会在沙漠中生存。走西口人第一次明白，有何胜利可言，挺住意味着一切。

当然，在3000年前的西周时期，库布其不是沙漠，而是草原。《诗经》记载说，库布其草原森林茂密、水草丰美、绿茵冉冉、牛羊成群。库布其草原上有朔方古城，也有猃狁、戎狄、匈奴等古代少数民族在这里生生不息。繁衍，形成了人与自然的良好互动关系。这其实是人与草原、人与沙漠之间不同的命运境况。它是大自然对生养其间生灵的回馈。大地慈悲，大地也狰狞。走西口人没有闲情逸致去发远古之幽思。命运如果在这样的时空中注定了你的跋涉是一种宿命，一切其实别无选择。这其中便包括死亡。所以走西口人有的出发前就在家为自己烧了"离门纸"……因为鬼门关面前，谁都无法保证自己可以全身而退。

所以，便有走西口后人写下回忆录，念及祖先艰辛，生计不易——"我家里几代人都走过口外。我很小的时候，曾经在村口跪迎过爷爷的尸骨。走口外的人若是病死他乡，棺木便用沙厝在那里，待到世道好些棺木也轻了，便用牛车缓缓地送回口里来。棺头蒙红布，棺前装活公鸡，送灵的人一路喊着死者姓名，不断声地说回去哇、回去哇……迎灵的则跪行哭应道回来了、回来了……"（燕治国《河曲风情》）

家园

走西口，是对家园的逃离，是离开家园再造一个家园。但离开家园是容易的，再造家园却难上加难。

因为贫瘠的黄土地，养不了开枝散叶后越来越多的人。便离开。这离开，是兄弟的离开、夫妻的离开、父与子的离开、垂垂老矣的老人对家园墓地的离开。在族谱的意义上来说，这种离开叫生离死别。族谱可能还是那本族谱，徙居地却是天南海北。"西山有豺虎，西江有风波。行不得哥哥。"这是元朝杨维桢《五禽言》里的句子。在走西口的离别场景中，"行不得哥哥"毫无疑问是固守家园妹子的锥心一问。家园在这样的时候是最重要的。如果家园安好，哥哥又何必离开。如果家园不好，离开的哥哥能否再造一个可以安居乐业的家园，一切都还是未知数。所以"行不得哥哥"，妹妹心中装载的是对未来的不确定性。

最关键的是走西口的人最终会遭遇草原。蒙古大草原不是贫瘠的黄土地，它有自己的规则、秩序，草原也不能天然地长出麦子、玉米。走西口的人需要开垦，重新体察不同土地的性子。一方水土养一方人，不是这方水土的雁行客，土地可能会欺生，草原也可能只长草不长庄稼。需要放下身段，需要匍匐于大地。需要掏心掏肝，祭神、奉献，需要真正的洗心革面，才能换来大草原对雁行客的一丝接纳。这也许可以称之为文明的涅槃重生，但对于建构家园来说，走西口人别无选择。因为遥远的家园还有亲人在，遥远的家园即将成为故园，新的家园需要呼之欲出。

它要承载沉甸甸的期盼、热乎乎的情感，还有泪涔涔的重逢。这种重逢是身体回到身体，血液回到血液，信赖回到信赖。它是完成一个承诺，让家园在世间流转，永不湮灭。

留学生们

1872年是同治十一年。这一年11月，平均年龄只有12岁的大清帝国第一批留美幼童从上海出发，经香港，在日本换船后再横渡太平洋，来到美国的旧金山。抵美之后，这些幼童再换乘火车，穿越广阔的美国东西海岸，来到他们求学的马萨诸塞州。

在这群孩子抵达美国的第二天，《纽约时报》报道说："昨天到达这里的30名中国学生，他们都是很勤奋和优秀的淑女和绅士，容貌俊秀，要比任何在之前到美国的中国人都好看许多，由三名中国官员陪同他们，中国朝廷拨款100万美元用于这些学生的教育。"

当然《纽约时报》所说的"淑女"需要勘误。或许是因为留美幼童头上留着辫子吧，《纽约时报》才误以为他们是淑女。随后，幼童们被分配到一些美国家庭中去生活。最初的生活是尴尬与不知所措的。租给留美幼童房屋的女主人出于爱怜，常常见面就抱起来亲他们的脸颊，这些幼童个个被亲得满脸通红，不知如何是好。幼童们上街，由于他们一身的中国打扮，瓜皮帽，蓝缎褂，崭新的黑布鞋，油亮的黑大辫，就会有一群美国小孩子跟在后面围观，有的还故意高喊"中国女孩子"，东西方文明的冲突与交融就此有了一批来自中国的幼童的视角。这批幼童既是目击者，又是亲历者与命运承载者。他们是真正在大地上遭逢，遭逢东西方国情、制度与历史文化、人情世故的重大差异。

　　留美幼童们的人生观与价值观还没有确立，却不得不学习中美两种课程。中方课程包括"孝经""小学""五经"等国学书籍的学习。这样的学习其实是很有仪式感的。每次学汉语，幼童们首先必须脸朝中国方向向清朝皇帝朝拜，然后再向孔老夫子的画像叩头，给师长请安。稍不听话，就会挨罚。美方课程是要学习西方教材的自然科学知识，同时也在学习过程中接触资产阶级启蒙时期的人文社会科学文化。美方课程的学习没什么仪式感，还鼓励自由提问，提倡师生平等。这使小留学生们渐渐地对学习四书五经等儒家经典失去了兴趣，对烦琐的封建礼节也不大遵守，他们开始对个人权利、自由、民主之类的东西十分迷恋。

　　生活方式也开始渐渐西化。西洋式的乐器、声乐、油画、交谊舞以及棒球、曲棍球、滑冰等成了留学生们趋之若鹜的时尚文体生活。尽管设在美国的出洋肄业局对留学生管理颇为严格，要求他们不能入西方教会的礼拜堂，不能剪去发辫，违者予以辞退回国。但为了避免遭人白眼，不少幼童索性把辫子剪掉，见清廷长官时再弄一根假辫子装上。最终有史锦庸等4名幼童因剪辫被提前召回国而中断学业；谭耀勋、容揆也因加入美国教会并私自剪辫被开除。但两人在遣返归国途中，跳下火车逃跑，最后滞留美国。

一种冲突与融合在加速进行中。据不完全统计，到1880年，共有50多名幼童进入美国的大学学习。其中22名进入耶鲁大学，8名进入麻省理工学院，3名进入哥伦比亚大学，1名进入哈佛大学。大清帝国当初播撒的留学生种子，最终以帝国不可控的方式发生了静悄悄的裂变。

1876年，小留学生们在异国他乡已经生活学习了四年，美国则在建国百年纪念活动中第一次举办世界博览会。爱迪生的电报、贝尔的电话、计算器、救火车与大清帝国的景泰蓝、象牙雕刻、字画同步展出，断裂与决裂在留学生们心头交错进行。他们中的一些人受美国宗教文化的影响，渐渐地信奉了基督教，诵圣经，做礼拜，十分虔诚。与此同时，大清洋务派和保守派势力的争斗也日趋激烈。带着留学生们出国的容闳非常理解他们的这些变化："此多数青年之学生，既至新英国省，日受新英国教育之熏熔，且习与美人交际，故学识乃随年龄而俱长。其一切言行举止，受美人之同化而渐改故态。……况彼等既离去中国而来此，终日饱吸自由空气，其平日性灵上所受极重之压力，一旦排空飞去，言论思想，悉与旧教育不睦，好为种种健身之运动，跳踯驰骋，不复安行矩步。"（《西学东渐记》）。但出洋肄业局正监督陈兰彬却建议撤回全部留美幼童："……吴嘉善特来华盛顿面称，外洋风俗流弊多端，各学生腹少儒书，德性未坚，尚未究彼技能，实易沾其恶习，即使竭力整饬，亦觉防范难周，亟应将局裁撤……"清廷因此颁布上谕："幼童出洋，原期制造轮船精坚合式，成就人材，以裨实用。若如所奏种种弊端，尚复成何事体？"

1881年8月底，美国旧金山湾区的奥克兰市。奥克兰棒球队与"东方人棒球队"的比赛正悲壮地进行。东方人棒球队，即清国留学生组成的棒球队。他们打完比赛后，就将中断学业，回国接受处分。代表中国留学生球队出场的有詹天佑等9名球员，由于投手梁敦彦球技高超，出球稳、准、狠，东方人棒球队很快击败了奥克兰队。

1881年9月6日（光绪七年七月十三日）下午，詹天佑等从美国旧金山登上"北京城"号轮船，在海上航行了整整一个月后，回到上海。一场太平洋两岸一度发生过的遭逢，就此落幕。

但是遭逢既已发生，就一定会留下痕迹或者说牵挂。耶鲁大学的朴德（Porto）校长联合一批美国友人致信清廷总理各国事务衙门，有理有据地指明了撤回留学生的错误，并要求改正。但清帝国从政治角度出发，还是将留学生们撤回来了。在留学生们被遣返回国后，一位美国太太给留学生的中国母亲写信说："您的儿子在美国期间，和我们全家生活在一起，他非常优秀，无论是成绩还是人品，您肯定会以他为荣……如果此生无缘再见，我和我的家人，将一直为他祝福。"

轮船抵达上海码头时，为了防止留美多年的留学生们逃跑，水兵们将其关进了上海道台衙门后面的求知书院，连中秋节都不许外出。当时的《申报》写道：

"国家不惜经费之浩繁，遣诸学徒出洋，孰料出洋之后不知自好，中国第一次出洋并无故家世族，巨商大贾之子弟，其应募而来者类多椎鲁之子，流品殊杂，此等人何足以与言西学，何足以与言水师兵法等事。"

总而言之，在当时，留学生们因为在祖国能说出地道的英语，都有了一个共同的称谓：洋奴。

但世上事，有开花就有结果。既然有过东西方文明的冲突与融合，便注定归来的留学生们沾染了异质元素，所谓金麟岂是池中物，那是一定要引领时代潮流的。

我们不妨来看这样一份名单。

第一批留美幼童名单

姓名	英文姓名	籍贯	年龄	职业
蔡绍基	Tsai Shou Kee	广东香山	14	北洋大学校长
邓士聪	Ting Sze Chung	广东香山	14	海军军官
容尚谦	Yung Shang Him	广东香山	10	海军舰长
张康仁	Chang Hon Yen	广东香山	14	律师
谭耀勋	Tan Yew Fun	广东香山	11	早年病逝于美国
蔡锦章	Tsai Cum Shang	广东香山	14	铁路官员
程大器	Ching Ta Hee	广东香山	14	教师
欧阳庚	Ouyang King	广东香山	14	外交官
史锦庸	Sze Kin Yung	广东香山	15	商人
钟俊成	Chung Ching Shing	广东香山	14	供职于外国领事馆
钟文耀	Chung Mun Yew	广东香山	13	外交官、铁路官员
刘家照	Liu Chia Chew	广东香山	12	政府官员
陆永泉	Luk Wing Chuan	广东香山	14	外交官
潘铭钟	Paun Chia Chew	广东南海	11	早年病逝于美国
何廷梁	H o Ting Liang	广东顺德	13	军医
梁敦彦	Liang Tun Yen	广东顺德	15	清朝外务尚书
黄仲良	Wong Chung Liang	广东番禺	15	外交官、铁路官员
陈钜溶	Chun Kee Young	广东新会	13	病逝于海军
陈荣贵	Chun Wing Kwai	广东新会	14	就职于工矿业
邝荣光	Kwong Yung Kong	广东新宁	10	矿业工程师
吴仰曾	Woo Yang Tsang	广东四会	11	矿业工程师
曾笃恭	Tseng Tuh Kun	广东海阳	16	报纸编辑
黄开甲	Wong Kai Kah	广东镇平	13	政府官员
罗国瑞	Low Kwok Sui	广东博罗	12	铁路工程师
钱文魁	Chin Mon Fay	江苏上海	14	外交官
牛尚周	New Shan Chow	江苏嘉定	11	服务于电信业、造船业
曹吉福	Tso Ki Foo	江苏川沙	13	律师

詹天佑	Jeme Tien Yau	广东南海	12	铁路工程师
石锦堂	Shin Sze Chung	山东济宁	14	早年病逝于美国
黄锡宝	Wong Sic Pao	福建同安	13	早年病逝于美国

第二批留美幼童名单

姓名	英文姓名	籍贯	年龄	职业
蔡廷干	Tsai Ting Kan	广东香山	13	海军元帅
邓桂廷	Ting Kwai Ting	广东香山	13	在日本经商
黄有章	Wong Yau Chang	广东香山	13	乡绅
梁金荣	Liang Kin Wing	广东香山	14	电报局长
容尚勤	Yung Shan Kun	广东香山	11	教师
张有恭	Chang Yau Kung	广东香山	12	早年在上海落水身亡
唐国安	Tong Kwo On	广东香山	14	清华学校（清华大学前身）校长
唐元湛	Tong Yuen Chan	广东香山	13	电报局长
卓仁志	Chuck Yen Chi	广东香山	12	服务于电报界
李恩富	Lee Yen Fu	广东香山	13	报人、作家
李桂攀	LEE Kwai Pan	广东香山	14	在美国经商
宋文翙	Sung Mon Wai	广东香山	13	海军将领
陈佩瑚	Chun Pay Hu	广东南海	11	就职于外国领事馆
邝景垣	Kwong King Huan	广东南海	13	早年病逝
邝永钟	Kwong Wing Chung	广东南海	13	阵亡于中法海战
苏锐钊	Sue Yi Chew	广东南海	14	外交官
梁普时	Liang Pao Shi	广东番禺	11	铁路工程师
梁普照	Liang Pao Chew	广东番禺	13	铁路和矿业工程师
方伯梁	Fong Pah Liang	广东开平	13	电报局长
容揆	Yung Kwai	广东新宁	14	外交官
温秉忠	Won Bing Chung	广东新宁	12	政府官员
吴应科	Woo Ying Fo	广东四会	14	海军将领

吴仲贤	Woo Chung Yen	广东四会	14	外交官
曾溥	Tseng Poo	广东朝阳	12	矿业工程师
陆锡贵	Lok Sic Kwa i	江苏上海	13	铁路工程师
张祥和	Chang Hsiang Woo	江苏吴县	11	外交官
王凤陛	Wong Fung Kai	浙江慈溪	14	外交官
王良登	Wong Liang Tign	浙江定海	13	海军军官、铁路官员
丁崇吉	Tign Sung Kih	浙江定海	14	报人、海关官员
陈乾生	Chun Kin Sing	浙江宁波	14	死于义和团事变

第三批留美幼童名单

姓名	英文姓名	籍贯	年龄	职业
梁如浩	Liang Yu Ho	广东香山	12	交通大学创始人
唐绍仪	Tong Shao Y i	广东香山	12	"民国"首任内阁总理
唐致尧	Tong Chi Yao	广东香山	13	铁路官员
容耀垣	Yung Yew Huan	广东香山	10	参加反清革命，晚年经商
徐振鹏	Chu Chun Pan	广东香山	11	海军将领
郑廷襄	Jang Ting Shan	广东香山	13	在美国担任机械工程师
徐之煊	Chu Chi Shuan	广东南海	12	海军军官
邝贤俦	Kong Kin Lign	广东南海	12	矿业工程师
邝景扬	Kwong King Yang	广东南海	13	矿业、铁路工程师
杨兆楠	Yang Sew Nan	广东南海	13	阵亡于中法海战
杨昌龄	Yang Chan Ling	广东顺德	12	铁路官员
曹嘉爵	Tsao Ka Chuck	广东顺德	12	早年病逝于美国
曹嘉祥	Tsao Ka Hsiang	广东顺德	11	政府官员
黄季良	Wong Kwei Liag	广东番禺	13	阵亡于中法海战
林沛泉	lin Pay Chuan	广东番禺	12	铁路官员

卢祖华	Loo Tsu Wha	广东新会	11	铁路官员
周长龄（又名周寿臣） Chow Chang Ling		广东新安	14	政府官员、香港太 平绅士
祁祖彝	Kee Tsu Yi	江苏上海	12	政府官员
朱锡绶	Chu Sik Shao	江苏上海	10	服务于电报界
曹茂祥	Tsao Mao Hsang	江苏上海	10	海军军医
康赓龄	Kong Kin Ling	江苏上海	12	早年病逝于美国
沈嘉树	Shen Ke Shu	江苏宝山	11	铁路官员
周万鹏	Chow Wan Pung	江苏宝山	11	电报局长
朱宝奎	Chu Pao Fay	江苏常州	13	政府官员
宦维城	Won Wai Shing	江苏丹徒	10	商人
孙广明	Sun Kwong Ming	浙江钱塘	14	服务于电报界
袁长坤	Yuen Chan Kwon	浙江绍兴	12	电报局长
吴敬荣	Woo King Yung	安徽休宁	11	海军将领
程大业	Ching Ta yeh	安徽黟县	12	电报局长
薛有福	Sit Yau Fu	福建漳浦	12	阵亡于中法海战

第四批留美幼童名单

姓名	英文姓名	籍贯	年龄	职业
唐荣浩	Tong Wing Ho	广东香山	13	政府官员
唐荣俊	Tong Wing Chun	广东香山	14	商人
吴其藻	Woo Kee Tsao	广东香山	12	铁路官员
谭耀芳	Tan Yew Fong	广东香山	10	早年病逝
黄耀昌	Wong Yew Chong	广东香山	13	铁路官员
刘玉麟	Liu Yu Lin	广东香山	13	外交官
盛文扬	Shen Mou Yang	广东香山	12	服务于电报界
陈金揆	Chin Kin Kwai	广东香山	12	阵亡于中日甲午海战
陈绍昌	Chen Shao Chang	广东香山	13	早年病逝
陈福增	Chen Fu Tseng	广东南海	14	早年病逝

梁金鳌	Liang King Ao	广东南海	11	早年病逝
陶廷赓	Tao Ting King	广东南海	12	电报局长
潘斯炽	Paun Sze Chang	广东南海	11	工厂厂长
林联辉	Lin Yuen Fai	广东南海	15	医院院长
林联盛	Lin Yuen Shing	广东南海	14	服务于电报界
冯炳忠	Fung Bing Chung	广东鹤山	12	服务于电报界
梁丕旭	Liang Pe Yuk	广东番禺	12	外交官
邝炳光	Kwong Pin Kong	广东新宁	13	矿业工程师
邝国光	Kwong Kwok Kong	广东新宁	13	海军军官
沈寿昌	Shen Shao Chang	江苏上海	11	阵亡于中日甲午海战
陆德彰	Lok The Chang	江苏川沙	13	服务于电报界
吴焕荣	Woo Huan Yung	江苏武进	13	电报局长
周传谏	Chow Chuen Kan	江苏嘉定	11	铁路工程师
周传谔	Chow Chuen Ao	江苏嘉定	13	军医
朱汝淦	Chu Yu Kin	江苏华亭	11	军医
金大廷	Kin Ta Ting	江苏宝山	13	军医
王仁彬	Wong Yen Bin	江苏吴县	12	早年病逝
沈德辉	Shen The Fai	浙江慈溪	12	早年病逝
沈德耀	Shen The Yew	浙江慈溪	14	商人
黄祖莲	Wong Chu Lin	安徽怀远	13	阵亡于中日甲午海战

这份名单中，曾经的留美幼童成年后有出任国务总理、外交部部长及副部长、海军将领、清华大学校长、北洋大学校长等职务，也有从事工矿、铁路、电报工作的人员。他们大都在不同的岗位上为中国的现代化做出了自己的贡献。

比如中国铁路之父詹天佑。他年仅12岁便成为清帝国第一批前往美国留学的学生。在美国考取耶鲁大学，获得土木工程学士学位。是中国近代铁路工程专家，被誉为中国首位铁路总工程师。有"中国铁路之父""中国近代工程之父"之称。但其实詹天佑最大的功劳不是修建了京张铁路，而是他将西方的先进知识带回中国，培养了一大批先进的铁路建筑方面的人才。

比如清华大学创始人、第一任校长唐国安。唐国安是第二批留美幼童之一。1912年4月至1912年10月出任清华学堂监督，1912年10月至1913年8月他担任清华学校（清华大学前身）第一任校长。唐国安对中国近代化的最大贡献是参与启动"庚款"留美教育，奠定了早年清华基础。

比如北洋大学校长蔡绍基。蔡绍基是首批留美幼童之一，先后入读哈特福德小学、哈特福德高中，后入耶鲁大学学习法律。1881年蔡绍基奉诏回国，归国后曾任大北电报局译员、上海海关译员、北洋洋务总办、天津海关道台、天津英租界局董事（天津华人参与租界事务自此始）等。他是中国第一所现代意义大学——北洋大学（今天津大学）的创办人之一，后任北洋大学校长。

比如著名海军将领蔡廷干。蔡廷干是第二批赴美留学幼童之一。"黄海海战"打响时，当时沿大东沟近岸航行、担任舰队侧翼警戒的鱼雷左一营都司蔡廷干，立即率领"福龙"号及本部鱼雷艇队尾随"平远""广丙"两舰奔赴大东沟海域参战，体现了大无畏精神。

另外，归国的留学生们邝永钟、杨兆楠、黄季良、薛有福等在中法海战中牺牲，陈金揆、沈寿昌、黄祖莲等相继阵亡于甲午海战。

　　以上种种，都可谓东西方文明遭逢后所结出的果实。世事沧桑，因果轮回，一切都其来有自。

出走者　遭逢者

江南。青田。

龙现村的田鱼至今仍在稻田里游弋，就像青田石雕依旧以孤傲而精致的气质或者说气场誉满人间一样，龙现村的关键词注定了与其他村庄关键词截然不同。在龙现，"田鱼"不仅仅是一种或红或黑的稻田养殖用鱼，它真正的含义还是一种人与自然和谐相处、共生双赢的价值观之体现。鱼在稻田游，鱼和水稻互相成全，其间闪烁的当是绝境背后人的智慧与设计。当地少人多、收成不足以养活这块土地上的人时，原本在水塘和水库里的鱼就游到了稻田里。这是一种江南智慧，体现的是对资源的双重节省，对收益的双重期待。

"华侨"在青田的勃兴也是这样。"华侨"其实与"遭逢"有关。大地上的遭逢，华侨是践行者与命运承载者。人类的生存极限并不是对固有土地的坚守或者说索取。作为第一代出走者、生存边界探索者的代表人物，一个叫吴乾奎的华侨先后用茶叶和青田石雕叩问了当时对他来说并不友好或者说接纳的世界。20世纪初，在比利时，吴乾奎在观看停泊在港口的一艘美籍花旗轮时，突然遭到比利时警察的逮捕。直到他申明自己是贩卖石雕和茶叶的清白华人时，才洗清了犯罪嫌疑人的身份。在某种意义上说，石雕是吴乾奎的救赎者，是这个世界对青田石雕孤傲而精致气质或者说气场的尊重。由此，"石雕"成了龙现村的又一个关键词。它和华侨一样，是这个江南村庄的原始命运密码。

青田石雕的气质或者说气场首先来自于青田石的尊贵。青田石主要产于山口、方山一带的封门、旦洪、尧士等地。以"封门"为上品，微透明而淡青略带黄者称"封门青"。另外，晶莹如玉，照之璨如灯辉，半透明者称"灯光冻"。色如幽兰，明润纯净，通灵微透者称"兰花青"。这封门青与田黄、鸡血石并称为三大佳石。如果说鸡血、田青以色浓质艳见长，象征富贵的话，那么封门青则以清新见长，象征隐逸淡泊，可谓石中君子。正是在这个意义上，青田石雕的横空出世才有了坚实的物质基础。1915年，当吴乾奎将青田石雕运到巴拿马世界国际博览会上时，他可能并不知晓，自己运载的其实不是一块块石头，而是附着在尊贵石头之上，有关人类对艺术的那些见解——所谓石雕的艺术。这些艺术因为有了光阴的重量，而沉淀在历史的河床之上，与政治、文明或者说人文本身互相发酵，开始有了让世界瞩目的光芒。而大地上的行走与碰撞，是这道光芒得以产生的必要条件。

让历史告诉现实。六朝时期，青田石雕小卧猪就被选为殉葬用品；唐宋时期，青田石雕开创了"多层次镂雕"技艺的先河。那些精致入微的刻划和复杂层次的处理是任何玉石雕刻都难以做到的；元明时期，著名文人赵子昂、文彭等将印章篆刻艺术应用到青田石上，这让石头有了人文的氤氲，渐具自己独立的品质；乾隆八旬万寿节时，大臣们用青田石雕制作了一套（60枚）"宝典福书"印章作寿礼（现存北京故宫博物院），这是青田石雕作为江南名产开始被选作贡品的明证。而吴乾奎们在某种意义上担当的是东西方文明的搬运者或者说融合者。于私，是为了一个家族的振兴；于公，他拓展了东西方文明与艺术的交融与鉴赏，可谓功莫大焉。

当然，作为龙现村关键词的重中之重，"华侨"两个字充满了祖先对现世生活的不甘与雄心。毫无疑问，它是逆天改命的一种家族实践，押上的不仅是一个人、一个家庭的机会成本，更是一代代宗亲家族的奋力一搏。早在光绪十四年（1888），山口村石雕艺人林茂祥，就曾经将石雕运销到美国旧金山一带。多年以后，他的墓志铭是这样写的："林先生茂祥，及壮，负有远志，携销其作品于海儿。清光绪戊子年，远适美洲，遇我国星使傅公云龙于旧金山。不数年，长次令嗣，先后遍历五洲，所谋皆遂。"

"所谋皆遂"应该是天道酬勤的最好结果吧。这是林茂祥家族的福报，但并不是所有远涉重洋者都能"所谋皆遂"。回眸当年祖先们远涉重洋的路线图，今人就能看出创业艰辛：欲出国者先是从上海乘船北上到旅顺或营口，经陆路至东北边陲满洲出境，沿西伯利亚铁路到莫斯科，再转赴欧洲各国。当时的一则广告绘声绘色描述说："由东方乘西伯利亚铁路火车赴英国，一路甚趣味。由此北路赴英国颇便宜，由东方至莫斯科，毋须呈验护照，如在旅顺无验耽搁外，二十五日内可到伦敦矣！"

当然这是陆路，水路走另有一番风险与艰辛：如果没有护照和出境手续，需交200银圆，由上海十六铺一些客栈里的秘密机构与远洋货轮的水手长联系上船，偷渡客躲藏在机房水手寝室或蔬菜间、煤仓等处。到港后，趁夜深人静时，再悄悄上岸，此后运气，看凭天意。一旦被遣返，200银圆就算扔水里了。

在青田龙现，出走者吴乾奎还是属于"所谋皆遂"者之一。他曾经用茶叶治好了比利时布鲁塞尔流行的红眼病，获得国王勋章；后将青田石雕带进美国多个博览会并屡获大奖，也算得上衣锦还乡。吴乾奎在外面发达后，于20世纪初从美国采购到水泥、钢筋走水路运到青田，再请人挑到方山，选用家乡的青砖和木头，兴建了一座737平方米，门楼题书"延陵旧家"的住宅。毫无疑问，吴乾奎的励志故事是龙现村第一代华侨奋力拼搏的典范。吴乾奎1927年回国，在海外拼搏了22个年头，他以及他的家族用自己的人生历程打造了龙现村最重要的关键词——华侨村。

从田鱼村到华侨村。一个小小的江南村庄将世事的极致做得纯粹而圆满。这其实是资源匮乏背后，一个人或村庄的努力到底可以走多远的人间实验。青田总是多响动。县域虽小，从刘伯温到章乃器再到麻植，很多出走者的故事构成了小地方的大动静。龙现村也是如此，动静大者并非吴乾奎一人，而是一个村庄的集体发力。它气定神闲，所谋者远。田鱼、石雕、出走、归来，在人间长袖善舞，于世事融会贯通，一切都是太极生两仪、两仪生四象、四象生八卦，充满了中国哲学与江南智慧。

人间好多事都在不言中。遭逢最美。比如龙现，比如江南，比如中国这块土地上的芸芸众生。

世 界 · 际 遇

当利玛窦遇见紫禁城，当美洲遇见欧洲，这个世界还好吗？东西方文明的碰撞，事关人类对这个世界、族群的爱与信任，事关蓝色星球的规则、秩序以及生存哲学。

郑和的远航

永乐三年（1405）六月，一支船队浩浩荡荡地在明帝国以东的大洋上漂荡，34岁的宦官郑和成了这支船队的总负责人。如果我们从更为广阔的历史背景去看这次出使西洋之举，其实颇有不合情理之处。因为自大明建国三年后的1371年宣布海禁令开始，帝国在此前一年设置的"三市舶司"衙门被废除。此后每隔一段时间，有新皇帝上台之时，海禁令就被重申一次。1404年也就是永乐二年，朱棣还特意宣布海禁令在本朝也将严格执行。但是仅仅一年之后，海禁令就被朱棣自己推翻了——一场历时二十六年，史上著名的郑和七下西洋运动轰轰烈烈地展开。

之所以称其为轰轰烈烈，是因为规模的空前绝后。我们拿它在人类远洋航海史上的分量来说事——继郑和下西洋八十七年后，哥伦布才启航；九十二年后，达·伽马才启航；一百一十六年后，麦哲伦才启航。郑和船队拥有的船只数量超过两百艘，哥伦布船队只拥有帆船3艘，达·伽马的4艘，麦哲伦的5艘。郑和船队总人数达27000多人，哥伦布船队只有船员88人，达·伽马的160人，麦哲伦的270人。郑和船队中最大海船的排水量约为1000余吨，哥伦布船队最大那艘船的排水量不足250吨，达·伽马的120吨，麦哲伦的130吨。孰强孰弱，一目了然。

但是收获的成果呢？永乐十三年（1415），郑和船队"大有斩获"，他们在非洲东岸第一次发现了长颈鹿。当然这样的斩获准确地说是属于朱棣的，长颈鹿被他视作神兽"麒麟"，作为永乐王朝威德远播、万邦臣服的明证而存在。朱棣在奉天门举行仪式亲迎这只祥瑞的到来。但1431年郑和七下西洋之后，帝国便再次重申海禁令，而且间隔的时间很短暂。史料记载：在随后近30年时间里，帝国五次重申海禁令，时间分别是1431年、1433年、1449年、1452年、1459年。如果我们在这些背景下看郑和七下西洋之举，它似乎存有不足与外人道的难言之隐。《广志绎》卷一记载："国初，府库充溢，三宝郑太监下西洋，赍银七百余万，费十载，尚剩百余万归。"国库里拿出去七百余万两银子，过了十年，只剩百余万回来。这说明郑和船队七下西洋耗银达六百万两之巨，回收的却只是类似长颈鹿等不值钱的东西，当然，还有"万邦来朝"。

由此，帝国陷入困境，似乎连接待都成问题了。翰林院侍读李时勉和侍讲邹辑上疏说："连年四方蛮夷朝贡之使相望于道，实罢（疲）中国。宜明诏海外诸国，近者三年，远者五年一来朝贡，庶几官民两便。"（见《明太宗实录》卷一百二十），什么意思呢？意思是说由于郑和下西洋不断带回各国使节进京朝贡，搞得本国都有"接待疲劳"了。事实上朱棣自己也知道国库快撑不住了，早在郑和第一次出发下西洋的第二年，也就是公元1406年，朱棣便无奈地宣布：从今往后，农民在农闲季节的服徭役三十天和工匠的服徭役三个月一律延长至六个月，以贴补国用。

郑和六下西洋之后，在朝中舆论压力下，朱棣黯然宣布："往诸番国宝船"等项，"暂行停止"。这个所谓的"暂行停止"当然是给自己脸上贴金的说法，此后继位的仁宗更是深明事理，不干这赔本赚吆喝的买卖。他下诏曰："下西洋诸番等国宝船悉皆停止，如已在福建、太仓等处安泊者，俱回南京，将带去货物仍于内府该库交收。"——郑和终于"下岗"了。尽管到了1447年，一时心血来潮的明宪宗想再下西洋，但兵部刘大夏一针见血地指出："三保下西洋，费钱粮十万，军民死且万计，纵得奇宝而回，于国家何益？此特一时弊政。"从此，下西洋的"壮举"成为这个帝国的绝响，再无余音产生。

与此相反，在15世纪的海面上，哥伦布们也在出游，只是他们发现的东西与朱棣所渴望的东西迥然不同。哥伦布意外"发现"美洲大陆，欧洲文明第一次碰撞了美洲文明，从而世界历史的走向和洲际文明间融合与洗礼的进程大大提速；麦哲伦环行地球为西方人提供了视野学上的贡献，使得资本主义这一人类历史上全新的制度在全球开始传播和发展，在地理空间和市场空间的拓展上居功至伟；达@·伽马的贡献则突出在市场意义上，由于他发现了绕过好望角到达印度的航路，所以葡萄牙开始控制印度洋，为这个国家在新世纪的上位抢占先机，并且达·伽马在航行中运回的香料等货物在欧洲的获利经折算竟然达到他整个远征费用的60倍！这样的远航应该说是具有可持续发展路径的，同时也开拓了全球海洋贸易的市场空间。尽管郑和下西洋也带回了世界各地的土特产，比如他第六次出使西洋，船队所采购的物品有：重二钱左右的大块猫眼石，各色雅姑等异宝，大颗珍珠，高二尺的珊瑚树数株，珊瑚枝五柜，金珀、蔷薇露、麒麟、狮子、花福鹿（即斑马）、金钱豹、驼鸡、白鸠等，但这些物品的价值只在于满足朱棣臣服万邦的虚荣心而已，一如非洲东岸的那只长颈鹿，象征意义多于经济价值。

由是看来，郑和的船队与其说是一支大型船队，倒不如说是永乐帝国的微观缩影，近三万人的小社会在几十年的时间里以移动的方式免费向沿途各国表演一出出活报剧，以输出永乐王朝的价值观和世界观为己任。这样的浩浩荡荡貌似不朽，可以传之后世，却很快偃旗息鼓，悄无声息——的确，历史曾经如此意味深长地给朱棣提供了一个可能，让他睁眼看世界，有足够的时间适应正在变化中的世界，以便突破墨守成规的帝国和他自己，但朱棣却只对世界做了一次自上而下的俯瞰，而后匆匆归去——东西方文明的发展路径就此走向南辕北辙，断层的出现变得不可避免。

另一方面，西方各国在地理大发现后很快走向工业革命，他们的远洋船上开始使用蒸汽动力，但是明帝国在海禁国策的限制下，舰船的制式越来越小，并限制使用双桅，规定载重不得超过500石。如顺治十二年（1655），帝国规定不许打造双桅大船。康熙二十三年（1684）皇帝在"开禁"时又规定，"如有打造双桅五百石以上违式船只出海者，不论官兵民人，俱发边卫充军"。康熙四十二年（1703）时，帝国虽然允许打造双桅船，却又规定"只能就地巡查，不能放洋远出"。而此时欧洲已经制造出著名的飞箭式多桅大型远洋快速帆船遨游世界了。

东西方文明和观世视野终于渐行渐远。而那个叫朱棣的著名皇帝则被供奉在庙堂之上，固化成一个牌位和传说，不食人间烟火。

新大陆

1492年，在世界历史范围内，一个叫哥伦布的人，将两个大洲——欧洲和美洲用他的航线连接了起来。

这一年4月17日，西班牙政府和克里斯托弗·哥伦布签订了一份准许他航海到亚洲采购香料的合约。8月3日，哥伦布开始他发现美洲的航行。10月12日，哥伦布到达美洲。10月28日，哥伦布到达古巴。

公元1492年是哥伦布年。不过在中国，它是明朝弘治五年。在越南是洪德二十三年，在日本是延德四年，明应元年。如果从世界文明发展史的角度看，哥伦布发现了新大陆，欧洲和美洲的文明由此发生碰撞，冲突与融合就此展开了起承转合的过程。这是这个蓝色星球两大异质文明间的遭逢。

太阳底下真的发生了新鲜事，值得一说究竟。

公元1492年的美洲，无数的印第安部落还处于渔猎采集时代。这个哥伦布眼中的新大陆其实是旧大陆。从人类文明层次而言，它还处于相当初级的阶段。相比较处于渔猎采集时代的那些印第安部落，美洲大陆上的玛雅人、阿兹特克人和印加人总算创造出比较完整的定居农业文明了。但仅此而已。

当时各部落间最大的问题是各成一体，相互之间缺乏沟通与合作。首先是语言问题。部落间都操持着各自的语系和方言，没有在较大范围内形成通用的语言，"鸡同鸭讲"的结果是各部落间的交往沟通发生困难。语言问题不解决，文明注定只能在低水平反复。

接下来是交通问题。虽然汽车的发明差不多要到四百年之后的1886年，德国人卡尔·本茨研制出世界上第一辆三轮汽车，但是即便在1492年的欧洲，马匹和车轮就已经是司空见惯的兽力工具了。可美洲的情形不是这样。美洲的印第安人中，文明最为发达的阿兹特克人也只驯养了狗、火鸡、鸭等动物，很显然它们只能满足人的口腹之欲，当时就算是印加人驯养的骆马也主要用于衣食——一句话，彼时美洲的印第安人没有驯养马匹和发明车轮，这使得远距离的交通运输成为空谈——继语言之后，交通运输成为美洲文明不能升级换代的一大原因。

最后一个问题则是生产工具了。美洲的印第安人在当时没有铁制工具，原因是不会冶铁技术。冶铁技术毫无疑问是传统文明更上一层楼的重要指标。因为没有冶铁技术，美洲大地上的各种资源就不能得到有效的开发、利用，印第安人的谋生手段变得十分有限。从私有制的角度说，生产工具的原始简陋，会直接导致劳动产品难有剩余，人人没有剩余产品提供交换，财产私有制就是一句空话。从文明等级来说，印第安人的原始部落文明是落后于私有制文明的。这是当时美洲文明的一个现实。

哥伦布发现美洲之后，两大文明的碰撞由此变得非常尖锐，没有缓冲余地。在美洲大地上，欧洲文明开始对印第安人展开一波波冲击。首先是对生存资源的掠夺。土地、水域、森林，这些印第安人的衣食之源，来自欧洲的白种移民都要夺过来为其更先进的生产与交换服务。但与此同时，白种移民为印第安人带来了马匹、车轮和铁器，带来了唯一可能在较大范围通行的统一语言——英语。印第安人开始了一段百感交集的旅程。先进的欧洲文明裹挟着他们往前奔走，但是离心的感觉如影随形。这与其说是文明的碰撞，倒不如说是文明的撕裂。仿佛是一场不对等的拔河游戏，溃败既是开始，也是归宿。

白种移民和印第安人两个不同种族的接触，其视角与感受完全不可同日而语。尽管宾夕法尼亚殖民地的创建者威廉·佩恩称美洲特拉华族的一个首领为"高雅而聪慧的人"，尽管美国政治家、思想家、哲学家、科学家、教育家，第三任美国总统托马斯·杰斐逊相信"印第安人在身体与心灵两方面都与白人不相上下"，但是大多数白种移民都把印第安人看作是野蛮人，认为他们嗜血好战，懒惰无能，"不配享有"北美广阔的土地。与此相反，当哥伦布之后，最初踏上美洲大陆的白人出现在印第安人面前时，印第安人的态度是友善与惊喜的。白种移民在最困难的时候曾得到印第安人种植的玉米，以渡过难关；后来他们又从土著居民那里学到了烟草种植技术。总的来说，在农业方面，特别是玉米、烟草、甜白土豆、豆子、花生、西红柿、南瓜、巧克力、美洲棉、橡胶等等，以及社会生活方面，印第安人向白种人贡献了化妆、面饰、时装、瓷器、地毯、地名、节日等美洲土著文明。这些都是白种移民在到达新大陆之初，对当地的地理、气候和生存环境均不熟悉时，印第安人给予的友善。这其实是一种源自封闭文明的友善，是地球上的人类之光。大地上异质文明最初的遭逢，真的不必兵戎相见的。

如果我们细说从头的话，欧洲文明对美洲文明，一开始也没有刀光相见。作为一种高级文明向低级文明的渗透，最初这种渗透的姿态也不是非常暴力的。在生产工具方面，欧洲的铁器、火枪传入美洲土著部落，美洲那些从事农业的部落开始使用白种移民带来的铁制农具，而平原上的印第安人则从西班牙人那里学会用马作运输和兽力工具。在医学方面，美洲当地的巫医治疗术被来自欧洲的先进医疗技术所取代，越来越多印第安人在保留地上设立了医院。从医学文明上说，印第安妇女分娩不再像以前那样采用土法生产，而是多在医院里进行，有的母亲还用牛奶制品代替母乳喂养婴儿。文明之光从欧洲照进美洲大陆。这是对人的尊严特别是女性尊严的尊重。人的生命在不同的土地上都得到了细心看护。

在生活方式方面，白人的生活方式在印第安人中得到了仿效。他们开始拥有自己的住宅、收音机、沙发、婴儿车、玩具、缝纫机、钟表、书架、电影等，圣诞节时印第安孩子们都打扮得与白人子弟一样，这是印第安人原始农耕和渔猎采集文明被白种工业文明同化的一个明证。当然同化的心路历程并不是甜蜜的。它痛并快乐着，甚至痛苦远远大于快乐。工业文明强调财产私有制，但印第安人原始文明实行的是部落公有制。在他们看来，与他人共享所得不仅是一种美德，而且也是一种习俗，甚至是一种信仰。财产私有是人性的卑污，印第安人很难身体力行。

最关键的是宗教与血缘观念的冲突。这种冲突可以说是灵与肉的冲突，印第安人与白人在美洲大陆上的共存开始变得水火不容。印第安人大多数注重血亲纽带，他们以部落为根基共同生活，共同抵御自然风险与外敌入侵。强调集体主义，反对个人主义。而白人则崇尚个人主义，强调个人奋斗，反对以集体的名义侵犯个人隐私。在宗教信仰方面，印第安人与白人也格格不入。印第安人对某种动物、太阳、土地等自然物顶礼膜拜，而白人则信奉基督教。宗教信仰的不同代表着世界观、价值观、生活方式的不同。由于资产阶级工业文明对印第安人原始部落文明全方位无死角的辗压，后者的呻吟声便时时响起，令人惆怅莫名。印第安人保留地上，一首流行歌谣这样唱道："我的父亲，可怜可怜我吧，我无以果腹充饥，我渴得要命，一切都已逝去。"而印第安人首领红茄克曾对白人传教士说："我们的地盘一度很大，而你们的则很小。现在你们已成了一个伟大的民族，而我们则连铺一块毯子的地方也没有了。"文明的遭逢，阳光与阴影同时共存，甚至阴影的面积大大超过阳光，这是美洲大陆现实之一种。

所以，就文明层面而言，印第安式的文明似乎充满了扭曲的味道。一些印第安人盖起了新式住房，开始拥有自来水、电灯、收音机、冰箱、汽车等现代设施，但他们始终没有放弃其部落生活方式和宗教仪式。在现代与原始之间，印第安式的文明悬在半空中，无论是此岸还是彼岸，都难以抵达。即便在今天，印第安人还是强调人与人、人与自然、人与神之间的关系，而忽视个人价值的重要性。在伦理观方面，印第安人依旧保有崇尚勇敢、强悍、坚毅、机警、蔑视死亡等，这在尔虞我诈的现代社会，往往是头脑发达、四肢简单的代名词。他们在社会丛林生存法则面前，经常是失败者。比如一些美洲大都市企业经理会抱怨印第安雇员不可靠，不会用英语与主顾交流，他们经常旷工、缺乏首创性和主动性。一方面，这些印第安人欣赏城市的物质生活和受教育的机会，另一方面他们也会对大都市紧张的生活节奏、淡漠的人际关系、拥挤不堪的交通、纷至沓来的票据感到极不适应，不少人最后又重新回到了保留地，过上离群索居的生活。有的部落直至今日还尊奉土地为最高神，把耕作视为割开母亲的胸膛，开矿则等于对母亲进行剥皮取骨，故而不愿从事现代生产。他们是美洲原始部落文明的守护者与殉葬者，同时也是现代文明的远离者。作为文明的孤儿，这些印第安人自大航海时代以来，并没有在美洲文明与欧洲文明的遭逢中受益。这是我们这个蓝色星球的一大遗憾。

当然从大的历史走向看，文明的冲突与融合始终是利大于弊的。如果当年哥伦布没有发现美洲，美洲文明时至今日可能也只是世界现代文明的一个孤儿。人道主义灾难也许可以避免，但美洲文明会在漫长的时光中低水平反复，这是幸还是不幸，真是一言难尽了。

文明的血泪，或许是文明得以涅槃重生的催化剂。美洲文明经此一难，总的感觉还是失去太多，得到太少。这一点，著名作家马尔克斯的《百年孤独》道尽了一个孤独大陆的个中委屈，愿我们这个世界未来漫长而柔软的时光，能够温情地慰藉数百年来饱经沧桑的美洲大陆。

当利玛窦遇见紫禁城

　　从外来者的视角看紫禁城，城中的一切意蕴变得格外意味深长。

　　实际上以紫禁城为中心，辐射出去的经纬线让这座城有了时空的纵深感和宽厚感。时间，让紫禁城的起承转合有了足够长的演绎平台；空间，则让紫禁城的视野与格局有了充分暴露的可能。

　　当东西方的文明观念在这里突然碰撞的时候，紫禁城与城里的人，都会发生什么变化呢？

　　1601年，晚明国情观察者利玛窦沿着大运河从南京来到北京，这个49岁的意大利传教士第一次见到了等级森严的紫禁城：建筑分为外朝和内廷两部分。外朝的中心为太和殿、中和殿、保和殿，统称三大殿，是朝廷举行大典礼的地方。内廷的中心是乾清宫、交泰殿、坤宁宫，统称后三宫，是皇帝和皇后居住的正宫。

　　彼时，一个王朝的党争正方兴未艾，那是紫禁城里的东方式权力之争。早在万历十九年（1591）四月二十五日，南京礼部主事汤显祖就上疏弹劾申时行。这位在若干年后写出《牡丹亭》的才子在万历十九年的春天显然对帝国首辅牢骚满腹。他说"言官中亦有无耻之徒，只知自结于内阁执政之人，得到申时行保护，居然重用"，又说"首辅申时行执政，柔而多欲，任用私人，靡然坏政。请陛下……严诫申时行反省悔过"。三个月后，福建按察佥事李琯上疏弹劾申时行十罪，其主要内容包括申时行儿子申用嘉"假冒籍贯，中浙江乡试；其婿李鸿冒籍纳监，以及纵家人宋九通贿纳京卫经历，未尝历俸，竟得双封；受邰光先之贿金，而私授他为总制陕西三边军务，致使敌寇盘跨两川以及（申时行）私收辽东总兵官李成梁贿金，为他掩盖败绩，阵亡八百人，竟反以奏捷议赏"等涉及政治、经济、军事方面的问题。当然这些问题并无实据，但弹劾的人多了，皇帝也不能不起疑心。万历十九年九月十二日，五十七岁的申时行引退，万历四十二年，八十岁的申时行与世长辞，算是彻底摆脱言官的诘责了。

更多的人依然在觳中。申时行归去那年，阁臣许国抱怨说，现在"内外小臣争务攻击，致大臣纷纷求去，谁能再为国家做事！"他提请皇帝严禁小臣攻击大臣。因为在某种意义上说这是党争泛滥的一种表现。虽然神宗也感时伤怀，担忧"大臣解体，争欲去官，国无其人，朕与谁共理国事!"并且告诫百官今后再有肆行诬蔑大臣者将重治不贷,但一种动荡不安的气息却已经弥漫紫禁城内外,经久不息。因为自万历二十二年(1594)二月,吏部郎中顾宪成被革职为民,在无锡东林书院讲学之后,齐、楚、浙三党攻击"东林"事件便层出不穷。帝国党争乱象频频,更要命的是大臣们长达15年的"争国本"运动让皇帝焦头烂额,一个王朝的断裂带已经形成,万历成了真正的孤家寡人。1601年晚些时候,万历皇帝在国本问题上弃子认输,同意立皇长子朱常洛为皇太子,另册封朱常洵为福王、朱常浩为瑞王、朱常润为惠王、朱常瀛为桂王,总算是在立储问题上重点突出、主题鲜明了。

当然从外来者利玛窦的视角去看,这种东方式政治博弈模式不是他所关心的。1601年春天的时候,在紫禁城,利玛窦向万历皇帝进呈了自鸣钟、圣经、《万国图志》、大西洋琴等贡品共16件,万历皇帝对这些贡品非常感兴趣,尤其是大小两架自鸣钟,他最为喜爱。大的那架自鸣钟,被置于精美的阁楼之上,在宫内专司报时,但仅此而已。所谓东西方文明的碰撞,紫禁城内外视角比较所可能产生的新鲜意蕴,万历皇帝并没有深思。

利玛窦在他的《中国札记》中曾经这样写紫禁城之外的中国:"它四周的防卫非常好,既有由自然也有由科学所提供的防御。它在南方和东方临海，沿岸有很多小岛星罗棋布，使敌舰很难接近大陆。这个国家在北部则有崇山峻岭防御敌意的鞑靼人的侵袭，山与山之间由一条四百零五英里长的巨大的长城连接起来，形成一道攻不破的防线。它在西北方面被一片多少天都走不尽的大沙漠所屏障，能够阻止敌军进攻边界，或则成为企图人犯的人的葬身之所。"

在利玛窦看来，这是个防卫型的国度，但防卫的另一些近义词是封闭、保守。"他们不允许外国人在他们的境内自由居住，无论什么情况，他们都不允许外国人深入到这个国家的腹地。"这是利玛窦的一个观感。事实上，在见到紫禁城中国皇帝的第二年，利玛窦专门制作了一张中文版的世界地图，名曰《坤舆万国全图》。这应该是中国历史上第一张世界地图，高1.52米，宽3.66米，由12个类似于屏风的长条拼成。皇帝和大臣们站在地图前目瞪口呆地发现，世界是由五个洲组成的：亚细亚、欧罗巴、利未亚（非洲）、南北亚墨利加（南北美洲）、墨瓦喇尼加（南极洲）。世界上还存在四大洋：大西洋、大东洋（太平洋）、小西洋（印度洋）、冰海（北冰洋）。

并且，从利玛窦嘴里吐出了"地球"一词。这个传教士说，世界是一个球体，所谓"天圆地方"的说法是错误的。中国既不在世界中央，看起来也不是很大。利玛窦事后在他的笔记里如实记载了紫禁城里的人当时复杂矛盾的心情："他们认为天是圆的，但地是平而方的，他们深信他们的国家就在它的中央……他们不能理解那种证实大地是球形、由陆地和海洋所构成的说法，而且球体的本性就是无头无尾的。"

利玛窦遭遇紫禁城，引起的观念震荡甚至波及明清之际的大学者王夫之。王夫之认为，利玛窦"身处大地之中，目力亦与人同"，根本就不能跳出大地之外去观察地是圆的还是方的。他并且断言，利玛窦其人必是"癫狂""痴呆"，所谓疯子之言，不足理会。

但是在当时，一个叫徐光启的人与利玛窦达成了心灵互通。利玛窦在北京期间，徐光启正供职于翰林院。当徐光启第一次见到世界地图，明白在中国之外，还有那么大的一个世界，明白地球是圆的，有个叫麦哲伦的西洋人乘船绕地球环行了一周，还有意大利科学家伽利略制造了天文望远镜，能清楚地观测天上星体的运行，徐光启对这一切深信不疑。他与利玛窦结下深厚的友谊，两人协力翻译了《几何原本》和《测量法义》等著作，第一次把欧几里得几何学及其严密的逻辑体系和推理方法引入中国。而时任太仆寺少卿的李之藻师从利玛窦学习西方科学，与利玛窦合作编译了《同文指算》等书籍。这或许是紫禁城缝隙里发出的微弱文明之光吧，虽然从根本上不能改变这座城池闭合循环的态势，却也给了它一点点别样的光芒。

最重要的，利玛窦的到来让紫禁城内外的一小部分士大夫阶层开始明白世界非常大，而中国只居亚细亚十分之一，亚细亚又居世界五分之一，国人应该接受各种国家和文明并存于一个星球上的现实。在这方面，起码徐光启是获益良多的。他感谢利玛窦这个紫禁城的外来者让自己对欧洲三十余国有了整体认识，也让他认识到在那幅地图的背后是一个与华夏迥然不同的文明世界，徐光启由此称赞利玛窦是"海内博物通达君子"。

　　在这个意义上利玛窦可说是紫禁城的启蒙者或者说敲钟人，尽管被惊醒的人寥寥可数，但他们却正是"睁眼看世界"最早的那批中国人。

一个皇帝的自我修养

顺治元年四月三十日，在武英殿举行过登极大典的李自成带着一颗惆怅的心离开了这座他来了就不想走的城市——北京。形势比人强。他的身后，年方七岁的顺治帝福临站在了这座城市里，站在了皇宫面前。毫无疑问，紫禁城以它的威严和形式感传达了汉文化的先进和傲慢。虽然，它最精华的部分——皇极殿在战火中是被焚毁了，可这座皇宫的气质还在。顺治帝福临置身其间，先在行殿换上了皇帝礼服，然后由百官做先导，从永定门经正阳门、大明门、承天门进入皇宫武英殿，正式举行登极大典。

应该说这是大清王朝的第一次，此后差不多两百七十年时间里，这样的仪式重复了十多次。必须要说明的一点，这是个山寨版的登极大典，是由原崇祯朝的礼部官员仿照明代皇帝登极礼而制定的。在这个意义上说，大清虽然在军事上征服了大明，可在文化层面上，它却不可能征服。作为游牧民族，清国连皇帝的称谓都没有，何来登极大典之类的礼仪呢？所以在文明的交锋中，汉文化毫无疑问显示了它的锋利和有容乃大。

而学习，则成了顺治帝福临抵达汉文明的原动力。在接下来的时间里，少年皇帝福临成了一个爱学习的孩子，他通读了《春秋》《左传》《史记》《资治通鉴》等汉文化的经典著作，并渐渐有了汉人思维。比如有一次他看《明孝宗实录》，就学以致用，召用了尚书梁清标等人进宫做自己的政治顾问。当然，派对也是经常举办的，顺治帝福临的派对是个读书会，他不定期地将学士翰林们邀集到一起，谈古论今，讲古今帝王治世之方，修身之道。如此，顺治的行政文明很快就抵达了一个新的高度。

在对汉文明的吸纳过程中，顺治发现科举制真是个好东西。天下人才，尽在一张纸中。由此，在顺治朝，内院的翰林科道臣中有许多新进之士都是他通过科举选拔出来的。此外，顺治十七年，顺治帝还将翻译成满文的《三国志》分发给满族高级干部们阅读，以从中汲取汉文明的智慧。

但事实上，顺治对满文也没有忽视。两种文明的融合于他而言可能是最理想的状态。据《清世祖实录》卷一○一记载，顺治十三年闰五月初八，顺治在宫中亲自主持考试考核那些学习满文的翰林官员。这是一次有趣的考试，当然对某些人来说心情不是太好。比如白乃贞，这个翰林官员因为记性不好，以前已经学会的满文此番又记不起来了。他所得到的惩罚是停发工资（停俸），再学三年。当然他不是最惨的，最惨的有两人，李昌垣和郭棻。这两个翰林官员大概是得了满文恐惧症，将所习满文忘得个一干二净，结果得了零分。顺治帝给他们的惩罚是降三级调外用，罚俸一年。顺治在考试后还发表了重要讲话，谆谆教导各位翰林官要"兼习满汉文字，以俟将来大用，期待甚殷……俱当精勤策励，无负朕倦倦作养，谆谆教诲至意"。

在这一年里，顺治还做出了一个重大调整：统一满汉文武官员的年薪。在此之前，同品级的满汉官员年薪并不一致，满族官员的要高一些。顺治此举可以说是在经济行为上向汉文明致敬。尊重，有时是要物化和量化的。

文明无极限。在向汉文明致敬之后，顺治又向西洋文明表达了善意。

因为出现了一个人——汤若望。

汤若望其实20多年前就出现在北京。这个德国传教士在明天启三年也就是公元1623年受耶稣会派遣来到北京，试图传播西洋文明。事实上他的努力得到了某种程度的承认和接纳。当他将一些数理天算书籍以及类似天文望远镜的仪器推销给大明王朝时，起码有两个人表示出了兴趣。户部尚书张问达和大名鼎鼎的科学家徐光启。毫无疑问，这是汉文明对西洋文明做出的一种回应和探究。尽管还达不到融合的层面，但自此，汤若望的工作变得有意义起来。他甚至得到了政府层面的承认。崇祯皇帝就公开表扬他"深知西洋之密"，令他为大明朝编修历书，甚至还邀请他督造火炮，将西洋火炮技术洋为中用。汤若望当然乐于充当文明的使者。他写出《火攻军要》一书，详细论述了西洋火炮技术，第一次将西洋军事文明引进中国。

但是很快，汤若望就发现文明的融合不是一帆风顺的。因为改朝换代了。多尔衮和他的部队以军马和战刀收拾了看上去有些文弱的崇祯王朝。清军入京了，汤若望不知道自己还能不能再待下去——多尔衮一纸命令下来，要实行旗民分治政策。这样，像汤若望这样的非旗人就得搬出北京城去。

汤若望最终留在了京城里，多尔衮也许是生了怜悯之心，让他和他的那些书籍、仪器不再四处颠簸、流离失所。就这样西洋文明继续在北京留存。汤若望愉快地发现，新王朝对西洋文明依旧表达了善意。顺治二年，他为清廷修定的历法《时宪历》在全国颁行；同年十一月，他被任命为大清朝钦天监监正，这个朝廷命官接下来以太常侍少卿的身份在大清王朝坚强而合法地存在。

而顺治对西洋文明的致敬在汤若望身上得到了充分

的体现。他称呼这个有些年长的中国通为"玛法",这是爷爷的意思。与此同时,顺治对天文学表达出了浓厚的兴趣。他关心日食和月食的形成,对彗星和流星的关系刨根问底,甚至天文望远镜成了他的新玩具。所有这些学问,是满汉文明里都不曾有的。这个十几岁的少年由此成了汤若望的粉丝,对其的佩服之情如滔滔江水绵绵不绝。他特许汤若望可以随时随地出入宫禁,想见他就见他,因为他自己就时刻想跟这个似乎无所不知的人待在一起。

在顺治十四年以前,顺治一度想加入天主教。只是身为一个皇帝,不可能做到如此决绝,最后只得作罢。但终汤若望一生,顺治帝对他一直恩宠有加。顺治十一年八月,封汤若望为通议大夫;顺治十五年正月,封汤若望为光禄大夫,并恩赏其祖宗三代为一品封典。当然,顺治对汤若望的器重远不止这些。据《汤若望回忆录》记载,顺治帝临死前,还把已经年迈的汤若望叫到跟前,聆听他关于立储的意见,并最终采纳了其建议,立皇三子玄烨为皇位继承人。

从世俗的层面看,我们似乎很难解释顺治皇帝为何对汤若望如此恩宠有加,也许用一种文明对另一种文明的致敬这一解释才可以勉强说得通吧。两个年龄悬殊、阅历文化都不相同的人最后走得如此亲密,成了忘年交,似乎只能说明文明的融合在这个世间还是有迹可寻的。

或许人们应该承认，在清朝的所有皇帝中，顺治并不显得出众，23岁时他以罪己诏匆匆收场，似乎留下了不名誉的尾音。但作为清朝入关后的第一个皇帝，顺治在满汉文明的夹缝中确立了这个多民族帝国此后两百多年的政治规则，有效地避免了时局动荡和族群对抗；同时他还为这个王朝贡献了一个杰出的继任者——玄烨，从而开始清帝国起承转合的新篇章。如果我们在近代史的范畴重新审视其所作所为的话，顺治也称得上是影响历史格局的一个重要人物吧。

　　不妨将这看作我们读史的一个新发现。

204

康熙的人世间

　　康熙是天子。当天子遭遇人世间，其内心的感受怕是悲欣交集。凌驾于大地，也匍匐于大地，这种大地上的遭逢，怕是所有遭逢体验中殊为奇特的一种。同时，也因为康熙巨大的政治、情感以及龙椅人生跨度极强的撕裂体验，构成了遭逢美学的一大重要价值。

　　康熙六十年正月初一。癸亥。

　　已经68岁的康熙帝依照惯例像往年一样举行了新年庆贺礼。事实上这是康熙朝第六十次新年庆贺礼了，不管是对康熙帝还是对朝臣来说都已产生审美疲劳。就像在这个世界上，一种仪式如果年复一年地举行又了无新意的话，那是很折磨人的事情。

　　最重要的是，他们都老了。这一年，康熙68岁。大学士王旭龄80岁。大学士嵩祝、肖永藻以及户部尚书田从典等70多岁。大学士马齐、礼部尚书贝和诺、兵部尚书孙桂、刑部尚书赖都、工部尚书陈元龙、左都御史党阿赖都已 70 岁。礼部尚书蔡升元、刑部尚书张廷书则和康熙一样，都是 68 岁。

毫无疑问，在那样的时代，这都是些沉重的年龄。这些人目击并书写了一个王朝的起承转合，体味了世事的沧桑与浮沉。特别是康熙，作为这个朝代的主要书写者，他的人生况味可谓一言难尽。光荣与惆怅并举，热烈与悲凉同存。

他是这个时代的传奇与符号。

唯一的。

一

对于一个帝王来说，生命的质量或者说奔放程度其实是很难量化的。寿命的长短貌似是一个指征，但事实上并非如此。历史上多尸位素餐的皇帝，他们活得再长久，也只是行尸走肉。

所以，需要的是活力。

是怒放的生命。以及怒放生命背后对自身的体察，对世事的包容。

康熙亲政之后，从康熙十年到康熙六十一年的五十一年间，他在全国"暴走"了一百五十多次，六次南巡，里程难以计数，终于成为史上最强的皇帝。也是个"在路上"的皇帝。

康熙一直在路上。当然万事都有起点，特别是对南巡这样的大事件来说，康熙的第一次尤为重要。那是康熙二十三年。这一年，他的心情很好。因为就在两年前，康熙平三藩，一年前，收复台湾。帝国顿时风平浪静、四面凯歌。人生在突然间失去了目标，康熙便有些空虚，可这个国家又是无与伦比地大，他接下来产生了行走的冲动。

当然，从冲动到现实，需要人事的依托。有两个人促成了康熙生命中的奔走之举。

翰林院编修曹禾和吏科掌印给事中王承祖。

此二人以为，盛世需行走。盛世之君尤需行走。走出去看一看，才能看到天下之大美无言，看到一个王朝的风调雨顺、五谷丰登。

那么康熙走到了哪里，又看到些什么呢？事实上从历史的记载来看，他的行走首先是一次人文行走。康熙来到泰山，到泰山极顶"孔子小天下处"体味"天下在眼中"的意境；他渡过黄河、渡过长江，目击两大文明的渐次更替与此消彼长；随后他来到江南，在金山、焦山以及苏州虎丘看江南草飞莺长、柔顺可人……这些行走毫无疑问丰满了康熙的人生经验，但康熙却不满足于此。因为他的行走不是肤浅的、平面的，而是深刻的、立体的、是让现实向历史致意的。康熙在过苏州虎丘等地后，专程来到江宁，祭奠明孝陵，并写下《过金陵论》

一文，与已故的明君探讨王朝得失的政治智慧和为人君者的酸甜苦辣；康熙还走到曲阜，致敬孔庙，游孔林，向孔子像行三跪九叩大礼，并且在诗礼堂听监生孔尚任讲经。康熙对中华文明渊薮的顶礼膜拜毫无疑问表达了一个帝王的价值取向与学习趣味。作为一个学习型的皇帝，康熙在这方面应该说是身体力行的，不仅仅是做个姿态而已。

当然，要是细心考究的话，康熙六次南巡还有很强的政治意味在里头。康熙第一次南巡时没有带皇子随行，从第二次开始，他就有意带皇子们出来走走看看，一方面丰富他们的人生阅历，另一方面也有从中考察他们质素、能力与人品的意思。康熙二十八年正月，康熙第二次南巡。他只带了皇长子允禔随行，皇太子允礽和诸皇子只能在康熙结束南巡后跑到天津码头去接驾；第三次南巡时康熙带的皇子比较多，除了皇长子允禔外，还有皇三子允祉、皇五子允祺、皇八子允禩、皇十三子允祥、皇十四子允禵。皇太子允礽仍旧没有随行。直到康熙第四次南巡时，皇太子允礽才有机会跟着父亲出去走一走。但他的运气似乎格外不好，刚走到德州就生了一场大病，搞得康熙兴致大减，只得临时决定先回京再说。这样的遭遇体现在立储问题上，康熙也是矛盾重重。皇太子立了再废、废了再立，立了又废，二立二废中，皇权政治在一路行走里隐晦曲折地表达出来，其中深意大可玩味。

皇权政治是一方面，官场政治则是另一方面。在康熙历次南巡过程中，大清官场的政治生态也体现得淋漓尽致，负责接待的地方官员与康熙之间形成了事实上的猫与老鼠的游戏，双方的互动或者说博弈于无声处听惊雷，很微妙，有时也很暴力。江宁巡抚宋荦因为三次接驾有功，康熙称赞他"尔做官好"；曹寅因四次接驾有功，又个人捐银五万两修建康熙行宫，受封为通政使衔。与此相反，江宁知府陈鹏年因为对接待工作出工不出力，在康熙四十四年被夺官，最后进了武英殿当一个修书的小编辑，了此残生。

　　但是康熙的驭臣之道并非赏罚分明这么简单。有时候官员们工作做过头了，也会挨批。康熙二十八年，康熙南巡到江宁，见玄武湖中摆放了很多豪华彩船欢迎他，很有浪费民力的嫌疑，康熙就语重心长地批评两江总督傅拉塔，要他爱惜民力，不要一味逢迎。傅拉塔当然是比窦娥还冤：凭什么曹寅捐银五万两可以青云直上，而他却费力不讨好?！只是这样的"冤情"他没处说去。作为康熙的领导艺术，要的就是手下官员们永远战战兢兢、如履薄冰。所谓圣心不可测也。

　　康熙除了南巡，另外还有北狩。从某一个方面来说，北狩比南巡更能体现其生命的怒放和意识觉醒。康熙二十年，康熙在塞外设立木兰围场。这个围场面积不是一般的大。南北达二百余里，东西长三百里，是比一座大山还来得庞大的野生动物栖息地。此后，康熙差不多每年五月就要离京去木兰围场打猎。毫无疑问，这是他的生命狂欢与硕果累积，因为每年都有所得。康熙五十八年，康熙惊喜地发现，自己的一生做了一件非常令他骄傲的事情："朕自幼至今，凡用鸟枪、弓矢获虎一百三十五、熊二十、豹二十五、猞猁狲十、麋十四、狼九十八、野猪一百三十二，哨获之鹿凡数百，其余围场内随便射获诸兽，不胜记矣。朕曾于一日内射兔三百一十八，若庸常人，毕世亦不能得此一日之数也。"（《清会典事例》）一天之内射兔三百一十八只，这绝对是个骇人听闻的数字。虽然康熙围猎，帮手多多，一切都是水到渠成，但有如此成果，还是能说明这个帝王张扬的生命观和自信心态。

张扬和自信的其实不仅仅是康熙一人，而是整个王朝。为了弘扬八旗军的亮剑精神，康熙要求兵部下达文件，每年派兵一万两千名前往木兰围场轮训，重新体验生命的激情与丛林法则。最主要的，这种轮训不仅在官兵之间进行，康熙还将范围扩大到文职高官。《清实录》里记载说，"部院衙门官员，不谙骑射者多"，"行猎亦著一并派出，令其娴习骑射"。于是，怒放的生命从一个人扩展到一群人身上。这个帝国的精英阶层人人居安思危，于盛世中不断挑战自己——发现目标，攻击目标。执行，没有任何借口。而猎场合围则体现了一种团队精神。《承德府志》中生动地描述了这样的场景：发现有熊虎等大型猛兽时，康熙先冲上去过把瘾，举枪或搭箭射击。如果不中，康熙闪，御前大臣顶上，进行追射；再不中的话，随围官兵入场，策马追杀，必欲除之而后快。如此，很少有野兽能全身而退的。

它们其实死在了一种精神之下。

这种精神，自晚明以来已经不复存在了，可康熙却将它重新召唤了回来。它首先是一种帝王精神，明朝万历皇帝懒于理政，二十多年不去上朝，自个儿躲在后宫生闷气，大明朝的精气神到了他那儿，算是断了，而康熙御门听政，每天乐此不疲；木兰围猎，提升生命底气，帝王精神，自是气象万千。

其次，它还是一种同心精神。熊虎等大型猛兽出现时，康熙为什么敢先冲上去射击？就是因为他相信，他的身后有团队，他身后的团队是跟他同心同德的，是可以性命托付的。从他而下到御前大臣，再到随围官兵，每个人都把自家性命托付给下一个团队链条，那些团队链条上值得信赖的生命体，这真是帝国最生动最有价值的部分。反观崇祯朝，崇祯帝一人不可谓不励精图治，宵衣旰食，试图挽狂澜于既倒，而他身后的团队，却个个束手旁观，甚至落井下石，以至于崇祯在煤山吊死之前悲愤地说出"文臣个个可杀"的话语。这应该说是同心精神的失落。熊虎等大型猛兽出现了，崇祯只能孤身一人冲上去射击。他的身后，站满了随时准备拔腿开溜甚至拿起石头要砸他的人儿，这样的末世情景，毫无疑问是令人伤感的。

所以，两相比较，可以得出结论：康熙是开风气之先的，以他张扬的生命态度。虽然他不是立世之君，但是开一代王朝万千气象，康熙无疑是做得最好的那一个。

二

一个在体能上完全超越自己的人，在精神上也不可能自甘堕落。这是一种相辅相成的关系。

曾经在康熙身边工作过的法国传教士白晋，在回国后献给法兰西皇帝的《康熙帝传》中，这样写康熙的人生趣味：

"康熙皇帝不仅能够抑制住愤怒的情绪，而且对其他感情，尤其是最强烈地统治亚洲各国朝廷的情欲也能加以抑制。在中国从古至今始终把纵欲视为堕落行为，可是按照习俗又是允许的事情。在后宫里，处处散发着堕落的气息，供养着许多从全国最漂亮的美女中挑选出来的宫女，供君主任意挑选。这些宫女先献给皇上，否则不能出嫁，这是鞑靼人的风俗。君主如果对献上来的美女感到满意，即可留在身边，这些美女的父母则以此为莫大的荣耀。

"这种堕落的习俗，损害了中国多少皇帝的身心健康，同时也是发生各种动乱的重要原因。这些中国皇帝只是听凭宦官或大臣们管理朝政，自己并不过问政事，深居后宫，沉溺于美女与酒色之中，一味寻欢作乐。

"然而，现在统治着中华帝国的康熙帝，非但不沉溺于女色之中而且意识到必须采取一切办法加以摆脱。

"两三年前，康熙皇帝巡视南京地区，驾幸南京市时，地方长官以贡品的形式献给皇上七个最漂亮的美女。皇上虽然收留了她们，但连看也不看一眼。几名宫内府官员利用与皇上接近之便，恭敬地推荐了可能使皇上动心的美女。从此以后，皇上对他们冷眼相待，并且把他们分别判处了不同的刑罚。由此可见康熙皇帝对可能诱惑和腐蚀自己心灵的东西，是如何警惕啊。"

的确，康熙的人生趣味迥异于寻常皇帝。他似乎是一个完美皇帝，一个脱离了低级趣味的人，一个高尚的人，一个另有所图的人。另一方面，康熙对人类文明的成果却有着超乎寻常的兴趣。他天生就是为学习而生的人。虽然顺治也爱好学习，但是和康熙相比，那就不是一个等级了。康熙五十四年三月二十九日，康熙与臣下大谈天文、地理、算法、声律之学，他手下的官员对他崇拜得五体投地，由衷赞叹"皇上天授，非人力可及"。

上天也真是给了康熙格外的任务。在一天射兔三百一十八只的基础上，又让康熙在精神层面上有所超越。

现在，如果让我们从历史的字里行间仔细搜索，也许可以发现，康熙就是那种为奇迹而生的人。他在创造一切，以帝王之尊挑战人类的学习极限。康熙经验证明，关于知识或者说人类文明，其实可以这样拥有——

理学家。康熙的时代，是天崩地裂的时代。王朝更迭的速度之快，对世道人心的认知颠覆之快，都超出了时人以往的常规经验。出现了一股怀疑主义思潮。黄宗羲、顾炎武、王夫之等人开始著书立说，深刻怀疑程朱理学。事实上这种怀疑是致命的，致王朝的命。因为对三纲五常的怀疑特别是对"君为臣纲"理论的怀疑让康熙觉得，必须在全国上下统一思想，当然最重要的一点是，他自己必须快速成为一个理学家。

康熙做到了，不仅在刻苦学习后成为了一个理学家，还是一个有自己独立思考能力的理学家。比如在知与行的关系上，康熙创造性地提出自己的见解："毕竟行重，若不能行，知亦虚知耳。"这样的见解毫无疑问是对朱熹认识论的发扬光大。在对"格物致知"的看法上，康熙也有自己的独立见解。康熙通过学习西方文明和自然科学知识，将其与程朱理学融会贯通，竟然使自己成为一个朴素的唯物主义者。这是康熙的一个新发现，也是这个帝国的新发现。康熙这个新理学家意外地站在了时代前沿，看到了前人和他人看不到的风景，拥有了在这之前从未有过的认知世界的新眼光、新视界。

数学家。康熙是狂热的数学发烧友，在他的执政生涯中曾经系统地学习过中西方数学知识，包括代数、三角、对数以及欧几里得的《几何原本》和巴蒂斯的《实用和理论几何学》。这是一种融会贯通的学习，也是学用结合的学习。因为学到后来朝臣们惊骇地发现，这个皇上简直是太神了，竟然会计算物体的面积和体积、河水的流速，还会测量纬度，甚至会观察天体运行，纠正钦天监的错误。这简直是数学家和天文学家的二合一啊！

康熙的神奇不仅在此，他还在数学理论上有所发现。康熙在学习了西方的代数学后提出，代数应当来源于中国。因为西人将代数学称为"阿尔热八达"（东来法的意思），康熙以为，所谓的东来即来自中国。事实上这样的设想是正确的，因为当时有学者研究后断定，代数的确来源于中国古代的代数学天元一术，这门元代以后失传的学科与西方代数学殊途同归，两者确有传承关系。康熙的猜想充分证明其在数学上的敏感和创新精神，这是一个数学家应有的素质。

地理学家。康熙是那个时代当之无愧的地理学家。他六次南巡，从康熙十六年开始常年出塞北狩以及数度征战，在当时的中国，没有人走得比他多，比他远。所以对地理学，康熙的感性认识是非常丰富的。与此同时，他也加强理论学习。《水经注》《洛阳伽蓝记》《徐霞客游记》等中国传统地理书籍以及《西方要纪》《坤舆全图》

等西方地理知识都是他学习的对象。康熙还学以致用，经常带上钦天监官员和相关仪器，对所到之处进行天文地理的考察。康熙四十三年，这位雄心勃勃的皇帝兼地理学家还亲自派人对黄河源地理环境进行考察，考察完成后，康熙还写了一篇题为《星宿海》的考察报告，详细记录了黄河源的有关情况。此后不久，康熙还组织了一次考察。这次考察可以说是当时每个地理学家的梦想——进行全国地图的勘测。毫无疑问，这是一个浩大的工程，也几乎是一项不可能完成的任务。但是康熙完成了，用时九年。康熙旗下的测绘队走遍全中国，绘制了一幅"亚洲当时所有地图中最好的一份，而且比当时的所有欧洲地图都更好，更精确"（李约瑟语）。康熙将这幅全国地图命名为《皇舆全览图》。《皇舆全览图》不是一幅简单的中国地图，它在绘制过程中还有一个重大的发现，那就是在实践中证明了牛顿关于地球为椭圆形的理论。也许这功劳不能完全算在康熙头上，可要是没有他的大胆决策和远见卓识的话，这样的证明也是不可能实现的。所以作为一个地理学家，康熙对这个学科毫无疑问是有突出贡献的。

植物学家。植物学家康熙非常热爱植物，这种热爱首先来源于对农业的热爱。每年仲春，康熙都会来到先农坛推几趟耒，以向全国农人发出劝耕的倡议。为了把南方的水稻移植到北方，康熙还在中南海开辟试验区，进行早熟新稻种的培育。康熙五十三年，他的努力获得了成功，康熙牌早熟新稻种被命名为御稻米，这种稻米色红粒长，气香味浓，很有皇家气派，康熙决定从这一年开始向大江南北推广种植双季稻，以求一岁两熟。

对作为农业之本的水稻康熙如此用心也许有他政治层面上的考虑，但是作为植物学家，康熙热爱植物则完全是天性和兴趣使然。康熙一生重点研究过的植物有二十几种，他对这些植物的产地、生长期以及性能、用途等都了如指掌。在康熙研究过的二十几种植物中，亲自试种过的有十几种。康熙还将他的研究和体会命人编撰成书，取名为《广群芳谱》。

医学家。康熙对医学的研究也有自己的心得。他不仅懂养生之道，还了解人体解剖学。为了了解人体内部结构，康熙曾经命巴多明用满文翻译法国医学家皮理所著的《人体解剖学》，并将人体内脏的图例与中国医学上的有关记载作了对比，在他身边工作过的法国传教士张诚，在日记中就曾经这样写道："皇上在这次谈话中得知我们已经写出一些材料，放在我们书房里，他便派御前一个太监随我们去取。这份论述消化、营养、血液变化和循环的稿子，虽然尚待写完，但我们已经画出一些足以使人领会的图例。皇上仔细翻阅，特别是关于心、肺、内脏、血管等部分，他还拿起稿子与一些汉文书籍上的有关记述相对比，认为两者颇为近似。"甚至康熙还亲自当医生，给手下官员开方治病。康熙五十一年，江南织造曹寅得了疟疾，康熙就令人给他送去金鸡纳服用。

三

一个人在人格上的修为其实很大程度上要看他对这个世界有没有悲悯心。康熙在体格上超越自己，在知识上丰满自己。降鳌拜、平三藩，收台湾，处事老练，进退有据，已然是完人气象了。

但是从修为层面上说，仅有这些还是不够的。因为以上所述都是功利性的东西，不错，康熙是在建功立业，但充其量也只是建功立业。一个人能不能成为一个大写的人，还要看他对这个世界有没有悲悯心、同情心。

这一点，康熙依然做到了。康熙十二年，他在一年之内发布了四道具有人本关怀色彩的谕旨。六月十七日，康熙发布命令，禁止八旗包衣佐领下的奴仆随主人殉葬；八月二十日，他又下令禁止主人逼死奴婢；九月二十五日，康熙发布命令，逃人在外娶妻所生的子女，如果已经聘嫁，不许拆散，使骨肉分离；十月十三日，康熙下令禁止遗弃婴儿。虽然在现代社会，康熙所关心的这些内容已是人类文明的常识，但是在他那个时代，回到常识并不是一件轻而易举的事情。重要的是康熙有这个意识。于一片蒙昧之中率先觉悟并且身体力行，只能说是他的悲悯心在起作用。

类似的例子当然还有很多。同样是在康熙十二年，有一个姓朱的明朝遗族因为留发被抓，按大清律留头不留发，留发不留头，应当问斩。但是康熙却为其辩护，称这位姓朱的明朝遗族是一位普通百姓，没有知识，可免其一死；康熙三十七年秋七月，康熙南巡山东，为了避免车驾践踏山海关农田里的庄稼，康熙命令取道塞外，避开山海关绕行山东。康熙的悲悯，其实就体现在他能够设身处地，知道稼穑的艰辛与民生疾苦。

当然，悲悯是多层次的，也是时时处处的。对弱势群体，康熙有悲悯心，同样，对他的手下臣工，康熙也有悲悯心。康熙每天御门听政，自己天不亮就起床，摸黑视朝，辛苦自不待言。可听说有些大臣因为居住地较远，每天三更就要早起，四五更到朝，康熙就决定变更朝见时间，向后顺延一小时，同时为了照顾那些六旬以上的年老大臣，康熙特许他们可隔两三天前来启奏，而他自己，仍旧是每日认真听政。

康熙的种种作为，不像是一个君主，而像是个来到人世的修行者，追求更好、更强、更仁。他几乎是做到了，几乎在各方面做得堪称完美。他常常日省吾身，甚至三省吾身。康熙五十二年闰五月二十五，康熙对大学士等人说："自古疑人勿用，用人勿疑。方且欲推心置腹以示人，阴刻何为？ 若于所爱者故为怒容待之，于所恶者故以喜色遇之，是欺人即自欺也。"同年六月二十九日，康熙又对大学士等人说："人间誉言，如服补药，无益身心。朕在位五十余年，闻人誉词溢于耳矣，实见其无益也。"这些都是康熙的心灵鸡汤，体现了一个帝王难得的自省意识。

康熙时时修行，日有所得，他几乎是抵达了自己人生的光荣时刻，康熙的光荣日可以说不是某一天，而是每一天。当时的人们也预感到了什么，称赞他是盛世之君，是带领一个国家走进新时代的人物，但是，没有人知道，康熙的光荣背后却有着挥之不去的阴影，那是属于他的惆怅，也是属于这个王朝的惆怅。惆怅的根源来自于皇储之争。太子的废立问题一直伴随着父子反目与亲情撕裂，同时也产生了极为严重的党争和君臣博弈。从康熙十四年初立太子开始到康熙六十一年一切尘埃落定，近五十年的时间里康熙体会了制度与人性的对抗。这种对抗的结果毫无疑问是玉石俱焚、两败俱伤。而他深层次的痛苦还在于，作为一个有着悲悯情怀的君主，他不得不每天与儿子们、与那些党争大臣过招。精心算计，尔虞我诈，使得像他这样一个脱离了低级趣味的人，一个高尚的人，竟被迫过着卑鄙或貌似卑鄙的生活。

这样的生活不是他想要的，也不是他能摆脱的。那样的时代，每个人都戴着欲望的面具与他共舞，他是康熙朝这个舞台上的核心人物，再痛苦再无奈，戏都是要唱下去的。康熙王朝是属于康熙的，光荣与惆怅都属于他。在政治与人性的错位与煎熬之下，康熙只能目击并承受着一切。

难言的一切。

四

看一下这个人的一生。生于康熙十三年（1674）。康熙十四年，在他还是个一岁多的婴儿时，被立为太子。三十三年后，也就是康熙四十七年的九月，被废；第二年，复立；三年后也就是康熙五十一年十月，再废，受禁锢；雍正二年卒，追封理亲王，谥号密。

不错，这个人就是康熙的皇二子允礽。允礽的一生，基本上是在废立之间度过的。二立二废，所谓荣辱浮沉，其人生的祸福悬念，都在废立二字上了。但是"二立二废"的曲折经过，似乎仍可以让人依稀看出父子间的恩怨、希望与绝望的交织。

这是一部父子关系的嬗变史，也是王朝政治的消息史，附着其上的，还有很多世易时移的因果轮回。

皇二子允礽是孝诚仁皇后所生，为嫡长子。在那个出身决定一切的年代，允礽的身份优势让他轻而易举地击败了庶出的皇长子允禔，从而在不晓人事的年龄成为这个帝国法定的未来领导人。但是人世间的悲哀就在于——人们往往认为，轻易得到的东西就是理所当然和天长地久的。尽管康熙对允礽进行严格的皇太子养成教育，但是允礽的表现却是复杂的。一方面，在康熙和讲官的精心教育下，他通晓满汉文字，"骑射词言文学，无不及人之处"，但是另一方面，允礽的欲望也在养成。他接受各种各样的贿赂，包括性贿赂。重要的，他开始表现出对权力欲的特殊嗜好。尽管康熙为了培养他的太子意识，令礼部为其制定相应的皇太子礼节：如众皇子向皇太后行礼后，要由皇太子再率众皇子向皇帝行礼；百官向皇帝行朝贺礼后，皇太子要到文华门内主敬殿升坐，百官再到这里向皇太子行二跪六叩头礼；出巡时，地方官在朝见皇帝后，还要朝见皇太子，并向皇太子进献礼物等。但是允礽却不想被动地接受这一切。他要变被动为主动。结果，平郡王纳尔苏、贝勒海善、公普奇遭到了他的殴打，起因是允礽想试试太子的威权究竟可以扩展到什么程度。到最后，康熙发现，这皇太子竟然发展到在他面前也敢辱骂大臣。这样的发现让他感到不安。

拐点发生在康熙二十九年。这一年，康熙感受到了孤独，因为他在远征噶尔丹时得了重病。康熙以为，比丹石更好的药是亲情的慰藉。他渴望这样的亲情慰藉。于是便召皇太子允礽、皇三子允祉到塞北行宫请安。

但是允礽人来了，慰藉却没有来。允礽以为父亲太脆弱，他以自己的冷漠告诉康熙，把他叫过来绝对是个错误。康熙也明白这的确是个错误，但他以为，错不在允礽身上。允礽现在变得这么绝情，一定是受了某些围在他身边的阴险大臣的影响。

康熙三十三年，康熙断定，那个阴险的大臣已浮出水面。此人就是礼部尚书沙穆哈。沙穆哈为了讨好允礽，认为皇太子的拜褥应像皇帝的一样，要放置在殿门内，可康熙却坚持要放在殿门外。争执未果，沙穆哈建议康熙把这条谕旨记入档案，留给后人一观。如此这般心怀叵测的建议终于让康熙恍然大悟——这就是太子党啊。很快，沙穆哈就被撤职了。

不过，沙穆哈从一个潜伏者成为暴露者对康熙来说不是结束，而是开始。康熙三十六年，内务府所属的一些不知天高地厚的低级官员私自到跑到皇太子处窃窃私语，这让康熙觉得太子党星星之火正在燎原，为了防止进一步的火烧火燎，康熙将他们监禁或处死了。

康熙四十一年，最大的潜伏者索额图暴露。康熙悲愤地指出："索额图诚本朝第一罪人也。""朕若不先发，尔必先发之。"（《清实录》）索额图由是被捕。只是康熙并没有料到，父子亲情此时已被权力欲望所胁迫。早已百炼成"钢"的允礽开始对父亲采取了全天候监视行动。没有人可以料到允礽下一步会不会暗杀康熙，因为他做太子的时间实在是太长了，每天在父子亲情和权力欲望之间煎熬，这个人随时可能做出非常之举，骇人听闻之举。

康熙四十七年，康熙和他的儿子允礽之间的父子关系走到了一个新的拐点。这是扭曲，也是断裂，因为允礽的太子位被废除了，与此同时，康熙将这个令他伤感的儿子幽禁了。

这一年，康熙已经有二十个儿子了。允礽的太子位被废，意味着其他皇子将有机会角逐这一职位。但是康熙没有想到，这是致命的角逐，他无意间打开的是一个潘多拉的盒子，人性的丑陋历历在目、纷至沓来。康熙的儿子们与他这个做父亲的开始斗智斗勇，玩起了心跳游戏。

也是躲猫猫游戏。

皇八子允禩成为一时人选。允禩非常擅长经营自己的人生。有心计，善于笼络人心。他很善于与其他皇子搞好关系并使其中的一些人成为自己的支持者。皇九子胤禟、皇十子胤䄉、皇十四子胤禵都看好他，自觉不是做太子的料，便都党附于他，就连大阿哥允禔也为其所用。允禔在皇子中虽然年龄居长，替康熙做事最多。康熙征讨噶尔丹时，19岁的允禔从征，任副将军，参与指挥战事。但是他的人生仅此而已，作为庶出的皇长子，允禔明白自己不可能成为太子，便也党附于皇八子允禩。当然允禩对于其他王公大臣、各级官吏，甚至江湖术士，只要有利用价值，他都一一收买。除此之外，他还想方设法在社会上博得好名声，以为将来晋身时获得帮助。

　　但是不久之后，一场悲剧在上演。起因是允禩用心太过，竟然利用相士张明德相面为自己立嗣制造舆论支持。康熙终于明白，他的这个儿子，已经蠢蠢欲动了。为了引蛇出洞，康熙命大臣们推举太子人选。结果大臣们一致推举皇八子允禩。这样的结果令康熙骇然：什么时候开始，康熙朝成了八爷党了?！于是疾风暴雨来临，允禩被革去贝勒，降为闲散宗室，而相士张明德被凌迟处死。

　　对允禩来说，毫无疑问这是一件很受伤的事。康熙三十七年时，康熙皇帝首次分封皇子，17岁的允禩就受封为多罗贝勒，是得爵皇子中年龄最小的一个。这说明那时的他是很得康熙欢心的。现如今，一切烟消云散，允禩自然是不甘心就此收手。在康熙朝的最后十年里，这个一直在努力经营人生却忘了经营亲情的人并没有放弃对太子之位的争夺。康熙在最后终于明白，在儿子允禩心中，父子亲情再一次被权力欲望胁迫。康熙——这个一直在超越自己并试图掌控命运的人最后悲愤地为允禩定调："系辛者库贱妇所生，自幼心高阴险，听信相面人张明德之言，大背臣道，雇人谋杀胤礽，与乱臣贼子结成党羽，密行险奸，因不得立为皇太子恨朕入骨，此人之险倍于二阿哥也"，并宣称"朕与允禩父子之恩绝矣!"

但是一切已是无法挽回。在父子亲情与立嗣制度的对抗中，在人性与权力的血拼中，丑陋的人不是一两个。康熙的二十个儿子，就是二十个欲望载体，康熙从中得到的，不是亲情慰藉，而是冷漠与伤害。他只得自卫，一人与二十人斗，斗争的结果如下：

皇长子允褆因争储位，谋害太子，被康熙革王爵，监禁，雍正十二年卒；

皇二子允礽二立二废，受禁锢；雍正二年卒；

皇三子允祉因参与太子结党，降为贝勒；

皇八子原封廉亲王允禩因争储位被夺贝勒，并受拘禁；

皇十子胤䄉因参与太子结党，父子反目；

皇十四子胤禵因参与太子结党，父子反目。

……

这样的伤害对康熙来说已是不堪承受，但是伤害并没有止步于此，而是从亲情层面扩展到政治层面。许多官员因为与皇子结党或者在立储问题上立场不坚定、态度不鲜明受到了各种各样的惩处，一个王朝的权力层开始出现裂缝甚至分裂，康熙的荣光绽放被蒙上了重重阴影，成为他生命中不能承受之重。那些被惩处的官员包括：

内大臣索额图；

国舅佟国维；

大学士马齐及其弟李荣保、马武；

翰林院检讨朱天保；

尚书耿额、齐世武；

都统鄂缮；

都统普奇；

副都统悟礼；

左都御史揆叙；

大学士、尚书王掞；

227 掌河南道事监察御史陶彝、掌浙江道事监察御史范长发、掌山东道事监察御史邹图云等各御史十二人。

以上这些被惩处的官员有的只是罢官，有的却要严重得多。像大学士、尚书王掞（因为已年过八十，由其子代行），陶彝等"十三言官"因为在康熙立嗣问题上说了不该说的话立马被革职流放西北，其中有四人死在塞外；而尚书齐世武下场更惨，作为皇太子党的主要人物，他被"以铁钉钉其五体于壁而死"（《永宪录》）。

毫无疑问，这是一场悲剧。制度与人性的悲剧。特别是对康熙这样一个追求人生圆满的人来说，更是如此。他的悲悯心被撕裂了。他在一年之内发布四道具有人本关怀色彩的谕旨在此时成了反讽。康熙最终没能超越自己。这是一道历史佬儿设置的屏障，在人性实验面前，康熙恼羞成怒、顾此失彼、狼狈尽现，露出破绽处处。这是一个人的局限性，说到底也是历史的局限性。杰出如康熙者，也难逃此限。

康熙开创盛世，赢却一个王朝，却没有赢得了他自己。他不可能做制度的突破者，他也终于败在他的儿子们手下。哪怕是他最后亲自选定的皇位继承人皇四子胤禛，事实上也是个心机巧妙之人。皇四子胤禛不争是争，荣登大宝之后却对自己的兄弟图穷匕见。史载：

皇三子允祉在雍正八年，被夺爵、囚禁。十年，去世；

皇八子允禩是胤禛（雍正帝）的最大隐患，雍正四年，胤禛以其结党妄行等罪削其王爵，圈禁，并削宗籍，更名为阿其那。同年，死；

皇九子允禟在雍正即位后，被派驻西宁。后以其违法肆行，与允禩等结党营私为由，于雍正三年被夺爵，幽禁。四年，削宗籍，令改名塞思黑。同年，卒；

皇十四子允禵在雍正三年，被降为贝子。四年，革爵禁锢。

这就是康熙选定的国君对他的兄弟们所做的事情。能说康熙最后的选择是正确的吗？当然，康熙是看不到身后的一切了。事实上最后的时刻他已是手忙脚乱，只能在有限的选择里赌一把。因为要背叛他的都已背叛，只剩下不争是争的皇四子胤禛一时间看不清庐山真面目。好牌坏牌就指望他了。当最后的底牌掀开之后，世人目瞪口呆，但康熙却看不到输赢了。

因为他的戏已经唱完，主角已不再是主角，接下来的剧情也与他无关。

时间胜了一切。时间改变一切。时间证明一切。

这是历史的残酷之处，也是康熙遭逢人世间后命定的惆怅。仅此而已。

戴梓的人生际遇

　　康熙二十六年岁逢丁卯，在公历是 1687 年。这一年西人牛顿发表《自然哲学的数学原理》，提出运动三定律和万有引力定律；《论语》在西方的第一个译本（拉丁文本）出版；而康熙在位 61 年的记事簿上，康熙二十六年的工作记录有以下几项：调整全国总督建置；严禁"淫词小说"；查处湖广巡抚张汧贪赃案，当然也还包括嘉奖火器制造专家戴梓的最新一项发明——38 岁的他仅用八天时间就造成"子母炮"（即冲天炮）。这个没有任何学历（未中过进士）的中年人此前一年成功仿造了 10 支荷兰使者进贡给康熙皇帝的"蟠肠鸟枪"，后又只花 5 天时间便仿造出"佛郎器"（西班牙、葡萄牙所造的炮），令康熙龙心大悦。当然，戴梓不仅仅精于仿造，他还有自主的知识产权。戴发明的"连珠火铳"可贮存 28 发火药铅丸，能够连续射击 28 发子弹。不仅解决了旧式火铳用火绳点火，容易遭受风雨潮湿影响的问题，同时也吸收了西洋火器能够连续射击的优点，可谓现代机关枪的雏形，严格来说"连珠火铳"的问世比欧洲人发明的现代机关枪早了两百多年。一句话，于火器制造方面，戴梓是个天才。

但是，这样一个天才，在康熙三十年初，却被举家流放至盛京。戴梓之所以获罪，据说是因为在华的比利时传教士南怀仁（他也是个火器制造专家）的嫉妒。此人上奏康熙皇帝，诬陷戴梓暗通东洋（即日本）。在人证物证皆不足信的情况下，康熙匆匆做出决定，让这个火器制造天才马上滚蛋，并且一滚就是35年——戴梓先后在盛京和铁岭流放长达35年时间，直到生命终结，他都未能再回京城——由此，一个天才最有创造力和活力的生命时段虚掷在东北边陲，不能从事他喜爱的火器发明创造事业。

将人和物分离，这是康熙的一个机心。戴梓未中过进士，虽有发明创造，却成不了官员，不能进入权力核心。这一点恰如庄子当年所言——"有机械必有机事，有机事必有机巧，有机巧必有机心"，康熙对戴梓是不可能加以重用的。甚至戴的发明创造，康熙也是有限、有选择的利用。戴梓发明的"连珠火铳"巧则巧矣，弃用了；仿造的10枝"蟠肠鸟枪"，送给荷兰使者带回去，为康熙皇帝争一个颜面，在国内就不扩大再生产了；戴梓流放盛京35年，本可以有更多的发明问世，不要了。一门"子母炮"，刚刚够保家卫国，足矣。康熙五十四年，山西总兵金国正上疏说，他捐造了新型的子母炮22门，比旧式的有所改进，希望"分送各营操练"，康熙下旨说："子母炮系八旗火器，各省概造，断乎不可。前师懿德、马见伯曾经奏请，朕俱不许。"

由此，帝国再一次强调禁令——禁止地方官自行研制新炮以充实武备。康熙的机心在这里又一次得到泄露，那便是大炮和火器等当时先进的武器只限于八旗军中的满洲军使用，清军中的汉军禁止装备。这个由多尔衮入关之初立下的规定直到康熙年代依旧有效。按照这一规定：上百万的清军中，只有不到八万的八旗满洲军能够装备火器。由此带来的结果是——清军对火器的需求量始终处于极低的水平，火器的垄断性生产成为不二选择。

武备院，内务府下属机构，由皇帝直接控制的上三旗管理，掌控帝国火器研制工作。从火药配方到火铳的制造技术和工艺流程，都由其严密监视。貌似集全国之力进行高尖端生产，却是近亲繁殖。当远在英国乌里治火器制造场生产的一门火炮能够在1600多米距离洞穿6英寸墙壁时，帝国的火器却自明代200多年来几乎没有多大改进，火器技术人才也出现严重断档。康熙宣布，将《武备志》和《天工开物》等涉及军事的科技书籍列为禁书。平定三藩后，康熙更宣布严禁民间火器，试图让火器在天朝彻底销声匿迹。康熙在火器问题上的爱与怕，表现得泾渭分明。

　　透过历史的迷雾，我们似乎还能看见康熙的另一层机心，这机心体现在他起伏不定的马背上。康熙一生最爱围猎。《圣祖实录》的统计数字是156次。甚至在驾崩前三周，他还在北京近郊南苑进行平生最后一次围猎。康熙一生围猎成绩卓著。他用鸟枪弓矢猎获虎135只，熊20只，豹25只，猞猁狲10只，麋鹿14只，狼96只，野猪132只，其余小兽不可胜数。在这些数目字的背后，应该说隐含着这个皇帝以"骑射立国"的机心。这个在马背上夺得天下的民族试图尝试在马背上统治天下。这一点，康熙和他的子孙们心领神会。康熙说："围猎以讲武事，必不可废。"他要借围猎来对八旗兵进行训练。雍正则说："满洲夙重骑射，不可专习鸟枪而废弓矢。"乾隆更说："马步箭乃满洲旧业，向以此为要务，无不留心学习。今国家升平日久，率多求安，将紧要技艺，全行废弃不习，因循懦弱，竟与汉人无异，朕痛恨之。"虽然他们共同的祖先努尔哈赤曾经被袁崇焕的红夷大炮击伤致死，热兵器时代在那时就已经不由分说地到来，但康熙和他的子孙们却依旧做出了几乎是相同的选择——迷恋于冷兵器时代曾经拥有的辉煌，以不变应万变。

　　所以，戴梓流放盛京是注定不可能归来的。这个不合时宜的天才在盛京望断归路，用余生35年的光阴来丈量北京和盛京的距离竟不可得。他只能活在盛世边缘，做那个时代的旁观者和零余者。而康熙所领导的曾经生长在大草原上、以狩猎为生的民族则有自己与生俱来、难以突破的视野和选择。虽然康熙时代出于内忧外患的战争需要，制造了大小火炮900门，但至雍正时，一切开始复旧如昨。雍正时期几乎没有造新的大炮，总共只铸造了不到百门的小炮。雍正四年（1726），康熙时代一年一次的枪炮演练被改为三年一次，雍正十年又规定边防部队只需练习骑马射箭就可以了。至于乾隆、道光时代承平日久，更不以造炮为要务，尤强调武备以弓矢为主。

由是，在1860年，那场著名的大考不期而至。僧格林沁的25000多蒙古骑兵和孟托邦率领的6000多法国陆军在北京通州八里桥对战。对战的结果是蒙古骑兵仅有7人生还，法国陆军仅有12人阵亡。具体到双方武器上，蒙古骑兵的"鸟铳"射程约100米，射速为每分钟1至2发，而法国陆军的来复枪射程约300米，射速为每分钟3至4发。更何况前者由于热兵器不足，不得不使用大量的大刀、长矛等冷兵器时代的武器。战争的结果可谓毫无悬念，不过世人们要说因缘的话，或许可以追溯至康熙二十六年，38岁的中年人戴梓的发明创造未被大规模推广上；又或许可追溯至四年后他的流放上；当然，与公元1771年也脱不了干系。因为在这一年，英国人P.沃尔夫合成了"苦味酸"，它的爆炸功能被首次发现，现代火药由此起源。在工业革命的大背景下，康熙最初的机心与抉择终于遭遇了恶性放大，他的子孙们和帝国子民们不得不承载那些难以救赎的历史命运。从鸦片战争到八国联军进京，所有的灾难在火器升级换代的大背景下其内在逻辑或者说命运清晰可见，那便是——我选择，你承受。

仅此而已。

乾隆的1793年

1793年是怎样的一个年头呢？19年前，美国开始了独立战争；13年前，美国科学院在波士顿成立；7年前，瓦特改良蒸汽机，西方开始了工业革命；1793年的1月，法国爆发大革命，路易十六被处决。3月，美国第一位总统乔治·华盛顿在当时的首都费城宣誓连任总统，开始了第二任期的总统生活。同样是在这一年，大清帝国已有3.3亿人口，其人口数目相当于欧洲人口总和的2.5倍，是世界人口的1/3。而在这些背景之下，乾隆皇帝于该年接见了马戛尔尼率领的大英使团。

1793年是乾隆五十八年。这年九月，一个700余人的使团出现在避暑山庄。他们来自遥远的大英帝国。目的是为乾隆补祝八十寿辰。其时，乾隆在位58年，已经是一位83岁的老人了。

帝国显然欢迎使团的到来。因为这支由马戛尔尼伯爵率领的英人使团早在1792年9月26日就从普利茅斯港出发，通过英吉利海峡，往西朝中国方向航行，长途跋涉，差不多经过近一年时间才到达目的地。乾隆以为是"红夷进贡"，感其诚意，连连下谕，广东及沿途官员要好生接待，优遇使者，供给上等充分食物，并且"赏给一年米石"。当马戛尔尼率领的大英使团乘坐"狮子号"抵达天津大沽口外时，帝国官员隆重迎接。风头一时无两。

一般来说，按照英国人的外交惯例，除特邀访问之外，使团的出访费用都是要自理的。但乾隆显然不会按英国规则行事——他给予英使的东方式礼遇既表明了其好客态度，其实也曲折地表达了一个大国的傲慢——就像大清柱国福康安随后对马戛尔尼说的那样："我们有的你们没有，你们有的我们都有，你们有我们没有的，都是我们不需要的无用之物。"

但大英使团还是执着地奉上了自己的礼物——总计600大箱、价值1.56万英镑的礼物，虽然这些礼物在福康安眼中全是"无用之物"：天文仪器、光学仪器、航海仪器、各式火炮和枪支弹药、望远镜等当时欧洲最先进的自然科学方面的成果。另外还有一艘军舰模型，也就是大英使团乘坐的"狮子号"军舰模型。"狮子号"毫无疑问是当时英国最先进的军舰之一，舰上配有英国最先进的火器、火炮等，这些在随舰附送的说明书里都有详细说明。

那么，清帝国回赠的又是什么礼物呢？五千年不变的土特产——猪和家禽等。事实上这样的礼物并不受来访的英人待见。因为"有些猪和家禽已经在路上碰撞而死"，所以当运送礼物的中国官员刚刚离开，英国人就把一些死猪、死鸡从"狮子号"上扔下了大海。不过充满反讽意味的是，马戛尔尼使团带来的礼物也不受乾隆待见。乾隆在收下这些礼物后，就将它们扔进了圆明园的库房里，再无理会。

当然，马戛尔尼来中国并不单纯是为乾隆补祝八十寿辰那么简单。他是带着使命而来——希望清帝国能够把天津、舟山、宁波等地方开放成通商口岸，和大英帝国建立正常的经贸关系和外交关系，并借此将闭关锁国的大清国拉入世界文明新家庭中。对话，合作，共赢。因为在此之前，清帝国将对外贸易限制在广州一个地方，一口通商，而且实行行商制度，与这个世界进行着若有若无、可有可无的接触。马戛尔尼希望，大国要有大国的气度。

可惜，历史往往不尽如人意。对于"大国"一词的理解很显然乾隆和马戛尔尼是各不相同的——乾隆要的是大国的傲慢和威严，马戛尔尼却希望大国的关键词是宽容和与时俱进。两人大相径庭。更要命的是历史经常有小插曲，历史的小插曲加速或打断历史前行的进程，令人或目瞪口呆或长吁短叹。

这一回从历史的小插曲中伸出来的则是一条腿。马戛尔尼的腿。马戛尔尼不屈不挠的腿。

准确地说，乾隆希望马戛尔尼面见他的时候两条腿都跪下来，同时辅之以磕头的动作。因为在乾隆看来，这事关英帝国对大清帝国的尊重。在使团抵达热河时，乾隆皇帝下圣旨曰："领臣等即将该正副贡使由西踏跺带至御前，跪候皇上亲赏该国王如意。宣旨存问毕，臣等仍由西踏跺带至地平前中间槛内，向上行三跪九叩首，礼毕即令其入西边二排之末，各行一叩首礼，归坐赐茶。"

但是马戛尔尼却不想行礼如仪。原因同上，马戛尔尼也希望清帝国对大英帝国有所尊重。在马戛尔尼看来，跪叩之礼本身就是反文明的，这不仅是对身体的侮辱，具体到他身上，更是对国家形象的侮辱。

他便只跪了一条腿，而将另一条腿伸了出来，牢牢地踩在地上。在一片清帝国官员对乾隆三跪九叩之时，马戛尔尼和他的英国使团有限地维护了自己的身体和他们所属国家的尊严。副使斯当东的儿子小斯当东后来在他的日记里这样描述当时的场景："随着一声令下，我们单膝跪地，俯首向地。我们与其他大员和王公大臣连续九次行这样的礼，所不同的是，他们双膝跪地而且俯首触地。"

由此，乾隆很生气。这样的生气辐射到马戛尔尼身上，那便是皇帝拒绝了开放天津、舟山、宁波等地为通商口岸，和大英帝国建立正常的经贸关系和外交关系的建议。毫无疑问，这是一场由礼仪之争引发的两国关系走向冰点的个案，乾隆就此关上了与世界和谐互动的大门，直到他生命终结，直到1840年的到来。

一个帝国可能的自我拯救就此被一条不听话的腿别住了。1793年的这场破冰之旅最终以失败告终。马戛尔尼们悻悻回国，而乾隆则让他带了一封信回去交与英吉利国王。信的口吻是居高临下的，开头便是"奉天承运皇帝敕谕英吉利国王知悉"，内文则有"其实天朝德威远被，万国来王，种种贵重之物，梯航毕集，无所不有。尔之正使等所亲见。然从不贵奇巧，并无更需尔国制办物件"等充满帝国自信的话语。

而马戛尔尼则在带回去的一份关于中国的报告中这样写道：

"中华帝国是一艘陈旧而古怪的一流战舰，在过去的一百五十年中，代代相继的能干而警觉的官员设法使它漂浮着，并凭借其庞大与外观而使四邻畏惧。但当一位才不敷用的人掌舵领航时，它便失去纪律与安全。它可能不会立即沉没，它可能会像残骸一样漂流旬日，然后在海岸上粉身碎骨，但却无法在其破旧的基础上重建起来。"

当然这样的文字乾隆不可能看到，即便看到了他也不可能看懂——帝国缺乏英文人才，即便有，也无人敢翻译这样晦气的文字。盛世大清需要的是祥和之气。

最重要的是乾隆看懂了也毫无意义。就像那张"狮子号"军舰模型说明书的宿命——六十多年后，当英法联军攻入圆明园时，他们惊奇地发现，当年马戛尔尼奉送的礼物无人问津地躺在里面，满是尘土。而尘土覆盖下的那张"狮子号"军舰模型说明书，虽然字迹泛黄，却还清晰可辨……

一切夫复何言。

那场战争

鸦片战争的胜负，实际上在开打之前就已经确定。因为它不仅仅是交战双方武器装备和排兵布阵方面的巨大差别，还在于中西方战争观念和看待世界的视野完全不在一个对话平台上。

咸丰十年八月对咸丰帝来说是胆战心惊的八月。在京城东郊八里桥，八旗军和蒙古马队被英法联军打得尊严尽失。这是帝国最精锐的部队，但仅仅是就帝国内部而言——放眼世界，热兵器时代已是不期而至，清帝国的土枪土炮在洋枪洋炮面前，的确不堪一击。咸丰帝绝望之下，做了弃京逃跑的打算，但有一个人却在此时站了出来，给咸丰打了一剂强心针。

这个人是詹事府詹事殷兆镛。他所谓的强心针是贡献了一个破敌之法——棉被御敌法。殷兆镛说："夷器凶猛，当今之计，要柔能克刚。何谓柔能克刚？《皇朝经世文·兵政守诚篇》曰：防城之法，濡湿棉悬之，以柔克刚。"殷兆镛接下来详解了怎样用湿棉被以柔克刚。那就是"将旧棉被用水浸湿，然后上下贯以粗索，两旁缚以竹竿。竹竿的末端绑上小尖刀，以便插在地上。每一床棉被用两兵各执一端，然后各带长腰刀。马队随后。遇到夷匪，棉被军先上，前蹲后立。一人守被，一人持刀砍马足。这样敌阵虽坚，也难以抵挡了"。

殷兆镛的说法可谓"不怕做不到，就怕想不到"，但在场的官员还是想到了一个问题——敌炮越过棉被墙，炸下阵中怎么办？这当然是一个漏着，但殷兆镛及时补漏了。殷兆镛说英夷的炮弹不是落地就即时炸开，这里面还有个时间差。我军可趁其将炸未炸之际，马上用湿棉被将它盖住，这样它就没法炸了。

这就是詹事府詹事殷兆镛的棉被御敌法。有出处，有想象，有发挥。不过它不符合逻辑和咸丰年代的现实。毕竟热兵器时代的炸弹不是冷兵器时代的湿棉可以盖住，可要命的是咸丰帝相信了这一点，他马上下文要各参战部队"参酌施行"，如果奏效就广为推广。可以说作为一国之君，咸丰帝的见识与决策力与詹事府詹事殷兆镛实在是没有什么区别，而他的一本正经和全力以赴在文明世界的背景下毫无疑问显示出令人捧腹的黑色幽默。这样的黑色幽默其实是东西方文明的断层，也是错位，是一个帝国战争观念和看待世界的视野固步自封的必然反映。

当然，只要这样的文明断层和错位一直存在，类似的黑色幽默也就会层出不穷。继殷兆镛贡献了棉被御敌法之后，山西道御史朱潮也贡献了他的破夷之策。但是比殷兆镛更威猛的地方在于，殷兆镛只贡献了一条计策，朱潮却一下子献出九条妙计，可谓井喷式爆发。我们来看一看他贡献的都是些什么计策。

　　第一条，海上破船法。选一些动作敏捷的士兵，手拿火炬，从偏僻小道绕行到夷人泊船之处然后抛掷火种。一船点着，数十百船继燃，这样夷人必定抱头鼠窜。

　　第二条，黄昏破敌法。听说夷人一到晚上即双目不明，秉性还像猪一样嗜睡。我军可在二三更时擂鼓呐喊，夷人必从睡梦中吓醒，睡眼难睁，目不辨物，只能自相践踏而死。

　　第三条，陷阱捉夷法。听说夷人两脚长而腿直，不能自如弯曲，我军可多挖陷阱，也不用挖得过深，只需接仗时引诱他们坠进陷阱就可以了，如此他们爬不上来，即为我军俘虏。

　　第四条，拐子马法。夷人本来不会骑马，近来被汉奸教会了，但我军可仿效岳飞当年用麻扎刀破拐子马的方法，仿行破敌。

　　……

　　对于朱潮贡献出的九条妙计，咸丰帝下了如是谕旨："将朱潮破敌九策传送胜保军营，供其采择。"

然而，在残酷的现实面前，殷兆镛的棉被御敌法和朱潮的九条妙计都成了纸上谈兵的新教材。一个月后，也就是咸丰十年十月，仓皇逃到热河避暑山庄的咸丰帝悲凉地听到了圆明园被烧的消息。圆明园成了一座无人看管的园林。在这座举世闻名的清朝皇家园中，"军官和士兵，英国人和法国人，以一种不体面的举止横冲直撞，每一个人都渴望抢到点值钱的东西……尊重身份的事情已经完全看不到，占优势的是彻头彻尾的混乱状态"（见斯温霍《1860年华北战役纪要》）。这座从1709年兴建直到1860年焚毁，已然经营了151年的皇家园林在公元1860年10月18日这一天，毁于一旦。就在这一天，3500名英军在经过充分的洗劫之后手持火把闯入园中，到处纵火。巨大的宫苑烧了三天三夜才慢慢熄灭，余烟则萦绕北京城上空月余不息。与此同时，园内300多名太监、宫女和工匠葬身火海，成为帝国混乱时代的殉葬品。

　　咸丰急切地需要复仇，但要复仇，首先必须找到对付英夷大炮的方法。就是在这个时候，一本叫《破夷纪闻》的书进入了他的视野。

　　《破夷纪闻》是山西候选教职祁元辅写的，书中对破炮之术做了专项研究。祁元辅总结，当前行之有效的破炮之术主要有五种：

　　一是牛皮御炮法。首先用木板制成方架，然后用生牛皮并排铺置数层，再用生漆黏合，最后再将其牢固地钉在木架上。这样制成的牛皮架可以缓解敌炮的攻击。

二是木城御炮法。选用坚硬的木板，将被胎钉于上面。把数十板组合为一队，排列起来，状如城墙。临近敌人时，以击鼓为号，士兵从中向敌方开炮，马队步队也从后面突然杀出。

三是渔网御炮法。在木城左右及上方，多挂渔网。这样敌人数十斤重的炮弹打来，渔网悬空一挡，就可消解炮弹的威力，使其不至于击坏木板。

四是沙袋御炮法。在我军和敌人接仗时，每人都带一个装土的布袋。当敌人开炮时，士兵迅速将身上的袋子扔在地上，建成一临时城墙，然后我军再藏匿其中，敌炮就无可奈何了。

五是幕帐御炮法。在我军上空置大布帐数十张，用以御炮。炮弹刚好在帐布之上爆炸，断不会伤及我军。如一帐烧穿，可紧急再换一帐。

毫无疑问，作为一个教育工作者总结的军事理论，不可避免地充满了天真的想象和革命浪漫主义情怀。尤其是"一帐烧穿，可紧急再换一帐"，很是无厘头，但被失败击昏了头脑的咸丰还是相信，《破夷纪闻》里必有真知灼见。他在随后给胜保的一封谕令里这样交代："……所陈述各条，虽未必尽合机宜，然亦不无可取。着胜保详细体察，采择务用……"

一个王朝最高决策者的战争观念和看待世界的视野

不过尔尔，这场战争大清的惨败也就是题中应有之义了。乱世之中，似乎每一个人都可疑，似乎每一个人都有不可逃避的责任与担当，但最可疑、最应该担当的那个人却是咸丰，尽管他一脸无辜、茫然无助地躲在热河避暑山庄为帝国的命运而焦躁，为自己来日无多的生命而惆怅，可一切都由来有自，咸丰的黑色幽默可以说是一以贯之的。

早在咸丰八年四月，美国以和好通商为名，向咸丰递交了请派公使驻扎北京的国书。但是这封国书遭到了咸丰帝的嘲笑。因为他在国书中看到了这样一句话"朕选拔贤能智士，姓列，名威廉，遣往驻扎辇毂之下……"咸丰笑笑摇头，然后用朱笔在国书后批了一行小字："该国国王竟然自称为'朕'，实属夜郎自大，不觉可笑！"

咸丰九年八月，咸丰提出以茶叶、大黄离间西洋各国与英法关系的主张，并以此作为克敌制胜的法宝。咸丰以为，英国人吃的是牛羊肉磨成的粉，食之不化，不饮用中国的茶叶、大黄就会"大便不通而死"。所以茶叶、大黄是"制夷"的有力武器，盛产茶叶、大黄的大清国在这场战争中将掌握主动权。咸丰并且告诫众官员，要对"茶叶、大黄制夷"的战略严格保密，以收奇效。

……

不用再举例了。这样的例子虽然令人哑然失笑，却到底让人笑得辛酸，笑得潸然泪下。其实，圆明园被焚可以说是东西方文明和国力的消长点，因为它以一个决绝的事件，揭示了一种触目惊心的存在——中国龙衰落了。圆明园被焚事件发生后的第二年也就是1861年，洋务运动开始，学习引进外国先进技术成为国人雪耻的自觉选择或者说行动。但一切似乎为时已晚，国运的衰落特别是观念的陈腐不是短时间可以扭转的。鸦片战争期间发生在咸丰朝的黑色幽默成了一个民族的悲情时刻，也是一个王朝的视点盲区。咸丰的悲哀就在于，他注定走不出这个盲区了。中国近代史的悲剧由此酿就。

光绪：遭遇时移世易

作为皇帝，光绪遭逢了一个非常特殊的年代，所谓"三千年未有之大变局"。古与今，中与外，在政治形态、民智觉醒所构成的管控压力前所未有。同时，作为一个活生生的人，光绪呈现了性格的多样性、角色的不适应性。他注定要以失败告终。光绪与他深陷其中时代的遭逢史，构成了数千年来皇帝治理史的一大看点。但其中最动人心魄的，还是他的血肉之躯被时代碾压过后，不甘与无奈交相缠绕的姿态。

一

1892年2月4日，《纽约时报》兴致勃勃地报道光绪皇帝说："今年20岁的大清国皇帝陛下，目前正由两个受过英美教育的北京国子监学生负责教授英语，而这件事是由光绪皇帝颁布诏书告知全国的。皇帝陛下学习英语这一消息真让此间人士感到意外，他们甚至怀疑这是不是真的。

"光绪皇帝屈尊学习外语，是因为他和他的政治顾问们都认为，死死保住3000年前就形成的'老规矩'的时代已经过去了，要应付当今列强，必须相应地改变国家制度。他的政治顾问们在这个问题上，显示出了很高的智慧和胆量，而在此之前没有任何人胆敢苟同类似的想法。皇帝陛下周围的一些大臣甚至希望，大清国未来应该在文明国家的行列中占据一个适当的位置。"

十六年后的1908年，《纽约时报》同样报道了中国的光绪皇帝，只是笔触显得忧伤了许多："光绪皇帝的晚年生活对于他的随从们来说不过是一种令人怜悯和非常奇特的一种境遇。他体质羸弱，致使他只好充当一名傀儡皇帝。长期以来，他不但一直受着健康状况和精神状态不佳的困扰，同时也一直处于恐惧和绝望之中。后来，他表现出了明显的精神错乱，以至8月份他对外宣称说自己疯了。"

19世纪末20世纪初是个变动的时代，毫无疑问在这样的时代一切人事都难以做出恒定或非此即彼的判断。旧的世纪飞快地过去，新的世纪不容置疑地到来，一些东西在错位、断层，另一些东西则在胶着、沉淀。尤其是大清帝国，内部的变动和外部的变动纠缠在一起，国事呈现了令人难以想象的变化过程。似乎没有人可以适应这样的变化，更遑论掌控了。光绪二年，日本明治维新进入了第九个年头，一个叫亚历山大·格拉汉姆·贝尔的人发明了电话。在帝国，可怕的"丁戊奇荒"拉开序幕，没有人知道，在随后的两年间，死亡于饥荒和疫病者一千万左右，而帝国受天灾影响，在死亡线上挣扎的饥民达两亿人口，差不多占了当时全国人口的半数。这一年，小皇帝刚刚六岁，什么都不懂，准备启蒙了；光绪九年，越南阮朝的宗主国从清国改为法国，这意味着帝国在世界格局中的地位进一步被边缘化了。2月21日，黄河在历城县漫溢，令人窝心。比天灾更窝心的是上海在这一年爆发了金融危机，随后影响到整个中国；光绪十年，一件影响后世但帝国当时不以为意的事情发生了——美国自由女神像在这一年安装竣工了。一种新的价值观在这个世界上生根发芽。随后，帝国感受到了切肤之痛——法国舰队袭击福建水师，马尾海战爆发；光绪十一年，左宗棠逝世，帝国失去了一根重要支柱。当然这一年还发生了许多事：海勒姆·马克西姆（Hiram Maxim）发明了机关枪；第一辆摩托车在德国问世；日本启蒙思想家福泽谕吉发表《脱亚论》，倡导日本要"脱亚入欧"的思想。这些事一时间也不会影响帝国的安危，但其潜在的风险不容低估，特别是日本"脱亚入欧"，反映了其骨子里的蠢蠢欲动，差不多在十年之后，帝国受到了来自日本的沉重一击；光绪十五年，光绪皇帝举行大婚，大婚后亲政。这一年，日本明治维新进入了第二十二个年头，弘扬普世价值的大日本帝国宪法生效。7月14日，在恩格斯指导下，国际社会主义者代表大会在巴黎召开，第二国际宣告成立，并决议每年5月1日为国际劳动节。这一年，巴西宣布成为共和国。华尔街日报首刊。中西价值观的对比可谓泾渭分明，水火不容；光绪十六年，在专制体制下亲政的皇帝想有所作为，想视野更加开阔，力图看清世界的变化，而美国天文学家帕西瓦尔·罗威尔则通过望远镜第一次看到了火星表面的"人工运河"；光绪二十九年，皇帝因为变法失败被软禁在中南海瀛台渴望自由、渴望飞上蓝天时，美国的莱特兄弟乘飞机完成了人类首次飞行。他们在这一刻获得了真正的自由。

　　1908年在中国是戊申年（猴年），是光绪三十四年；在日本是明治四十一年；在越南是维新二年。这一年，世界潮流浩浩荡荡，新鲜事物层出不穷。意大利国际米兰足球会正式成立；夏季奥林匹克运动会在英国伦敦开幕；美国首次出现庆祝母亲节的活动；女性运动员首次出现在现代奥运会比赛。这一年还发生了两件大事。一是俄罗斯贝加尔湖西北发生通古斯大爆炸；二是爱新觉罗·载湉清德宗光绪皇帝逝世了。光绪之死在如此纷杂的世界背景衬托下，实在是意味深长得可以。这个忧伤而多病的年轻人在飞速变动的时代前试图有所作为却最终郁郁不得志，像极了帝国的宿命，可以善始，不能善终。

尽管他还不是最后一位接棒者。

二

光绪二十年（1894）是一个极其微妙的年头，充满了无限的可能和不可能。帝国有一些蠢蠢欲动，有一些蓄势待发，有一些欢欣鼓舞，有一些风雨欲来。这一年5月28日，41岁的南通人张謇考得了状元。这是他自16岁中了秀才后，长达二十五年科举跋涉的结果。随后他被授予六品翰林院修撰，正式成为了一名国家公务员。事实上张謇的修得正果要得益于慈禧太后的六十大寿，帝国为了庆祝这个吉诞，破例多开一次科举考试，而早已心灰意冷的张謇被父亲和伯父强逼着作最后一搏，没想到否极泰来，功成名就。

这一年1月，名不见经传的孙中山写了《上李鸿章书》，提出"人能尽其才、地能尽其利、物能尽其用、货能畅其流"四项主张。但是很遗憾，他没能面见李鸿章。六个月后，甲午中日战争爆发。十个月后，孙中山在夏威夷檀香山建立了中国第一个革命政党兴中会（即中国国民党之前身）。帝国开始有了异动。

帝国的异动当然不是从这一年才开始的。此前一年，在商海沉浮多年的郑观应出版了《盛世危言》一书，军机处章京陈炽则撰成《庸书》，主张参照西方政治制度，立宪法、开议院，实行"君民共主"。他们似乎是先知先觉了，但是帝国不为所动。帝国在这一年忙着向官绅商民借款，以筹措甲午战争的军费。户部正儿八经地拟定《息借章程》，规定月息七厘，六个月为一期，两年半还本付息。这大约是帝国最早发行的内债了。还不错，此次"息借商款"筹措了一千一百余万两银子，大大解了帝国的燃眉之急。

但光绪皇帝的眉头始终没有舒展开来。他是光绪二十年最操心、最焦虑的人儿。一方面太后的六十大寿不能不办，也不能不办好；另一方面，迫在眉睫的战争不能不化解，可这里头却是两难，光绪一时间找不出破解之道。

早在三年前，慈禧宣布，"南北洋购买外洋枪炮、船只、机器暂停二年，解部充饷"。随后，帝国拨出3000万两银子的专款，以为慈禧太后举办庆寿典礼之用。在慈禧太后的庆典想象中，1894的十月初十（慈禧太后生日）应该大排銮驾，在从西华门到颐和园的几十里大道旁，应该搭建经坛、戏台、彩殿、牌楼，热热闹闹庆贺她的吉诞。然后就是在颐和园内听大戏，开大宴，难忘今宵。但光绪却突然向太后提出"请停颐和园工程以充军费"——由此，帝后党争从幕后走向台前。一场即将到来的战争成为帝国政治博弈的催化剂。慈禧太后当着皇帝的面对主战的翁同龢等御前大臣说了这样一句话："今日令吾不欢者，我亦将令彼终身不欢。"（见范文澜《中国近代史》）这意思是"谁让我痛苦一下子，我让谁痛苦一辈子"。慈禧太后这话既然是当着光绪皇帝的面说的，那就是针对他的——果然，若干年后，变法失败的皇帝被囚禁了。光绪的余生毫无疑问是痛苦不堪的。

但1894年的光绪最初还是生机盎然的，起码看上去无所畏惧。这一年，他24岁。24岁的皇帝这样对李鸿章下令道："着李鸿章严饬派出各军，迅速进剿。"李鸿章却自得于北洋舰队"声势已壮……入可以驻守辽渤，出可以援应他处，辅以各炮台陆军驻守，良足拱卫京畿"，所以他既不主动出击，也无所作为，直到这支名声在外的舰队全军覆没。当败局已定时，光绪悲愤地诏责李鸿章："北洋创办海军，殚尽十年财力，一旦悉毁于敌……李鸿章专任此事，自问当得何罪？"他下令拔去李鸿章"三眼花翎，褫去黄马褂"。但李鸿章却在慈禧太后的庇护下安然涉险——其深层原因其实在于后党构筑了一道强有力的防火墙，令光绪皇帝无奈加无趣。对此，历史家范文澜如是分析："中日战争与帝后党争有密切关系。帝党主战要在战争中削弱后党，后党主和，要保住自己的实力，两党借和战争夺权力，随着军事的惨败，后党在政争上取得胜利。"

所以1894年的光绪虽然看上去是生机盎然的，可生机盎然的背后却是苍白无力。而1894年也注定成为一个告别的年头，与同治中兴30余年来改革开放的成果说再见。从1860年开始的帝国自救运动虽然有一个不算太坏的开始，但结局却是惨不忍睹。因为它宣告了一个时代的结束。

于是，在帝国的一襟晚照中，光绪只能摆一个不自然的甫士，留下一个生硬表情。他的灿烂笑容转瞬即逝，而慈禧太后开始睚眦必报了。四年之后的1898年，光绪的老师、帝党重要成员翁同龢被太后开缺了，随后，他自己也差点被开缺，只保留了一个名义上的职位或者说称号——皇帝。这种时候，19世纪走到了尽头，新世纪正扑面而来，吉凶未卜。

三

1898年帝国的权力格局，究竟呈现了怎样的变化呢？

6月，翁同龢突然发现自己肩上的担子加大了，起因是6月11日，光绪皇帝下了《定国是诏》："嗣后中外大小诸臣，自王公以及士庶，各宜努力向上，发愤为雄，以圣贤义理之学植其根本，又须博采西学之切于时务者，实力讲求，以救空疏迂谬之弊。"这是倡言变法的意思，翁同龢作为戊戌变法的总协调人，"事皆同龢主之"。

世上事因果轮回。此前几天，操劳"洋务"近四十年的恭亲王奕䜣与世长辞了。他的辞世无意间打破了帝后党争的胶着状态，从而让光绪皇帝有了些许操作的空间——皇帝似乎可以有所作为了。但是仅仅四天之后，翁同龢突然去职——慈禧太后假光绪之手，革去了翁的"协办大学士"职，"开缺回籍"，太后给出的罪名是翁同龢"每于召对时，咨询事件，任意可否，喜怒见于词色，渐露揽权狂悖情状"。

这是戊戌变法的开始阶段。慈禧太后不动声色地给光绪去势，令他只能带着一群总理衙门的小"章京"去有所作为。或者说翁同龢的去职是一个信号，进一步混沌了帝国的权力格局，模糊了维新变法可能的方向。

事实上，在1898年帝国权力博弈谱系上，忠于太后的力量和忠于皇帝的力量是不对等的。光绪皇帝始终处于弱势地位。几位军机大臣礼亲王世铎、刚毅、钱应溥、廖寿恒、王文韶，除了廖寿恒暗中支持改革外，其他的都站在了光绪皇帝的对立面。大学士徐桐扬言："宁可亡国，不可变法。"大学士刚毅在慈禧面前伏地痛哭，称"痛心疾首于新政，必尽罢之而后快"。荣禄则在方法论上为慈禧提供支持："欲废皇上，而不得其罪名，不如听其颠倒改革，使天下共愤，然后一举而擒之。"

当然这样的不对等仅仅是一个表象，毕竟变法是大势所趋，是帝国自救的唯一正途。几年之后，当被软禁的光绪皇帝惊愕地发现慈禧太后步他后尘再言新政时，他或许应该明白，自己输了1898年的这场较量——两个最高权力中枢的人主宰帝国命运的较量。

较量是针锋相对的，就像康有为和荣禄的问答。康有为变法期间在等候皇帝召见时曾经路遇荣禄。两人有过一段锋芒毕露的对话。荣禄问："以子之大才，亦将有补救时局之术否？"康有为答："非变法不能救中国也。"荣禄问："固知法当变也。但一二百年之成法，一旦能遽变乎？"康有为答："杀几个一品大员，法即变矣！"康有为如此这般的回答应该说透着他的不妥协和以死明志的消息。

也许，最初的较量还是有悬念的。慈禧太后长袖善舞，精于权谋。懂得先发制人，也懂得后发制人，但光绪的新政代表了一种进步的潮流。他年轻，有激情，等得起，换句话说时间在他这边。只要光绪谦虚谨慎、不急不躁，他或许可以笑到最后。

只是很遗憾——年轻最后输给了年老，激情输给了计谋。在1898年的帝国权力博弈中，我们看到慈禧太后出招了，她不疾不徐，却处处留有后手或者说伏笔。6月15日，慈禧在让翁同龢去职的同时，任命她的亲信荣禄署理直隶总督兼北洋大臣，同时下谕着直隶总督王文韶入京。不久，荣禄的官职由署理而实授，并加文渊阁大学士衔，另统率甘军（董福祥）、武毅军（聂士诚）、新建陆军（袁世凯）三军。十天后，慈禧太后又命派怀塔布管理圆明园官兵，刚毅管理健锐营。毫无疑问，慈禧太后发出的一系列信号只指向一个图谋——将枪杆子牢牢抓在自己手里。

枪杆子以外，还有权把子。慈禧令光绪帝下谕："嗣后在廷臣工，仰蒙慈格端佑康颐临豫庄诚寿恭钦献崇熙皇太后赏顶，及补授文武一品，既满汉侍郎，均着于具摺后，恭诣皇太后谢恩，各省将军都统督抚提督军臣，亦一体具奏折谢。"二品以上大臣授新职，必须到皇太后面前具折谢恩，这是对最高权力归属的明确指证，也变相剥夺了光绪亲政以后暂时的皇权支配资格。如果具体到当时的变法实践活动，慈禧此举一可以防止光绪起用新党人物担任高层职位，二可以防止亲太后派的守旧大臣被废黜。一举两得。

光绪当然也出招，但光绪的招法刚有余而柔不足，表面上很凶猛，却没有后劲，显得苍白脆弱。在差不多三个月的时间里，光绪接连下了一百多道有关新政的诏令，所谓"维新之诏联翩而下"，但是政令出不了紫禁城。从中央到地方，支持新政的寥寥无几。中央二品以上大臣，唯刑部左侍郎李端棻一人敢言新政，地方上除了湖南巡抚陈宝箴还属真心支持新政外，其他"枢臣俱模棱不奉，或言不懂，或言未办过"。这是一种观望或者说排队，在太后与皇帝之间，很多人心里有自己的小九九。

6月24日是意味深长的一天。这一天，康有为向光绪进呈《波兰分灭记》《列国比较表》，御史胡孚宸则奏劾户部左侍郎（相当于财政部副部长）张荫桓受贿二百六十万两。62岁的张荫桓当时负责京师矿务铁路总局的工作。政治面貌左倾，支持新政。事实上张荫桓有没有受贿不重要，重要的是御史胡孚宸选择在这样一个敏感时刻奏劾他，体现了一种政治上的较劲与僵持——新政每行一步都会有阻力。

不过对慈禧太后来说，光绪对她有杀伤力的出招还在两个多月后。9月4日这一天，光绪下令将怀塔布、许应骙、堃岫、徐会沣、溥颋、曾广汉等阻碍变法的礼部六堂官革职。同时赏礼部主事王照三品顶戴，以四品京堂候补，以示激励。光绪这样的操作当然事出有因。因为此前三天，王照上疏，请光绪帝游历日本等国，以考察各国变法情况。但是怀塔布、许应骙却不肯代送其疏。许应骙甚至上奏弹劾王照"咆哮署堂，借端挟制"。光绪便出手了。光绪的出手是一个连续性的动作。他随后召见谭嗣同，并命谭嗣同、杨锐、林旭、刘光第以四品卿衔在军机章京上行走，还直接召令直隶按察使袁世凯来京陛见，面谈后升任他为侍郎候补。光绪此举在慈禧太后看来不仅有笼络人心之嫌，还有阴谋作乱的可能。因为袁世凯不仅是直隶按察使，还统率新建陆军，可谓实力人物。更要命的是光绪公开要权了。9月13日，光绪帝请旨拟开懋勤殿，设顾问官。这真是危险的挑战——光绪开懋勤殿无异于设立政治改革中心，至于设顾问官是请日本前首相、明治维新的重要角色伊藤博文担任光绪的改革顾问。虽然这只是个动议，但慈禧却心存疑虑。她大声说"不"了。由此两人摊牌的时刻不期而至。

透过1898年的迷雾，我们也许还能依稀看见那场不对等的较量是如何一一展开的。最后时刻，光绪慌了手脚，露出了他的生硬和迷茫，天真和急迫。9月17日，事情紧急，光绪帝再次召见袁世凯，命他与直隶总督荣禄各办各事。但他对袁世凯的政治倾向却一点都不摸底。同样不摸底的人儿还有谭嗣同。他竟然夜访袁世凯，说皇上希望他袁世凯起兵勤王，诛杀荣禄以及包围慈禧住的颐和园，将自己的政治底牌泄露无遗，也让光绪没有了任何回旋的余地。

相比之下，慈禧太后的手腕要老辣和从容不迫得多。首先，她的政治敏感性很强。18日，当她看到御史杨崇伊的奏折上说："风闻东洋故相伊藤博文即日到京，将专政柄。"立刻决定从颐和园回城监察。20日，当光绪接见"自行游历"的伊藤博文，询问日本改革情况时，慈禧太后到场监听，令光绪不敢有所作为。这场原本有很大操作空间的会见仅仅持续了15分钟就结束了，伊藤博文没有什么收获，光绪也同样没有任何收获。不仅如此，光绪的命运在第二天急转直下。由于荣禄的密报，说光绪帝欲软禁太后，9月21日（八月初六）凌晨，慈禧太后率卫队囚禁了光绪帝，然后下诏训政——这场1898年的较量在中秋节前就匆匆结束了。光绪的权力人生犹如昙花一现，黯然收场。

从历史上看，任何变法其实都是需要人埋单的，戊戌变法尤其如此。事败之后，杨锐、刘光第、谭嗣同、杨深秀、康广仁、林旭6人以"谋围颐和园、劫制皇太后"等罪名被"即行处斩"，张荫桓发配新疆，交地方官"严加管束"，两年后他在新疆被杀。光绪则被软禁在中南海瀛台，度过他的余生。1898年帝国的权力博弈在经过激烈的震荡之后重归平静。

1900年，慈禧太后还想进一步有所作为。这一年的1月24日（光绪二十五年十二月二十四日），她以光绪帝的名义发布上谕，宣布："溥儁继承穆宗毅皇帝为子"，"以为将来大统之畀"。慈禧此举无疑是用公开立储的方式来变相废黜光绪帝，以对光绪帝在1898年的所作所为进一步追加惩罚。但慈禧太后没有料到，帝国的权力格局开始走向微妙了。上海电报局总办经元善率先反对，称"务请圣上力疾临御，勿存退位之思"。两江总督刘坤一也反对废黜光绪，而湖广总督张之洞也对是否就立储上贺表态度暧昧。这让慈禧太后深感失落。最要命的是西方国家公使提出要求，希望尽快公布光绪病情，同时允许外国医生进宫为光绪帝诊断。随后法国医生德对福博士（Dr. Detheve）入宫诊断光绪帝病情，结果是"血脉皆治，无病也"。于是，这场发生在己亥年（1900）的建储计划被迫搁浅了，光绪作为帝国受侮辱与受损害的形象深藏瀛台，并只能将自己活成一个符号，一个传说中的失败者。这个王朝虽然以他的名义艰难向前，但一切微妙暧昧，首鼠两端，充满了大崩溃前的混乱气息。20世纪开始的时候，强悍如慈禧者也感到了力不从心。毕竟她也老了，快70岁的人了，和大清帝国一样，不再思维敏捷，充满往昔的那些生机和可能……

四

1900年是一个充满了暗示的年头。它是开始与告别，是欢乐圆舞曲，也是忧伤的离歌。这一年6月22日，敦煌莫高窟下寺道士王圆箓在清理积沙时，无意中发现了藏经洞，从而让公元4至11世纪的佛教经卷、社会文书、刺绣、绢画、法器等五万余件文物重现人间。但是很快，藏经洞的绝大部分文物被闻风而至的英、法、日、美、俄等国探险家劫掠到世界各地，中华文明的命运在1900年由灵光一现变得支离破碎。

同样是在这一年，首次发现甲骨文并购藏它的王懿荣以身殉国。这位光绪六年（1880）的进士时任京师团练大臣，负责保卫京城。当7月20日，八国联军攻入东便门后，他偕妻小投河殉国，时年55岁，身后留下大量甲骨文无人看守，更无人整理和破译。

甲骨文和莫高窟"藏经洞"的发现时间分别在19世纪的最后一年和20世纪的第一年，中华文明最神秘和最久远的风采乍现人间，但人间正是乱世，光绪王朝此时岌岌可危，所以文明的命运注定是要流离失所的，这是1900年的帝国难以逃脱的宿命。

在莫高窟"藏经洞"被发现前六日，第二届奥林匹克运动会在巴黎开幕。在和平的旗帜下，英、美、法、德各驻华公使一再照会清政府，必须严厉镇压义和团及惩办镇压不力的官吏。这是危险的信号，此时在帝国内部，义和团焚烧教堂，打杀教民以及与外国使馆卫队的冲突愈演愈烈，帝国对其是抚是剿，必须要有一个明确的态度和行动。这个问题貌似简单，非此即彼，可在决策的背后却隐藏着对皇权的争夺和帝国今后命运的判断或者说把握。总理各国事务衙门的许景澄、袁昶、联元等与封疆大吏李鸿章、刘坤一、张之洞等人主剿。给出的理由是内忧外患，不先解决内忧就无从解除外患，如果招抚义和团，毫无疑问将给列强以入侵帝国的口实，此举风险甚大；而端王载漪，军机大臣、吏部尚书刚毅以及大学士徐桐则主张招抚义和团，但背后的理由却是上不了台面的。因为此三人中，载漪是诏立大阿哥溥儁的父亲，徐桐是溥儁的老师，刚毅则是后党集团的骨干，他们主张招抚义和团的目的是利用后者为其火中取栗，抗击一直支持光绪皇帝的西方列强，以武力解决废立问题，光绪下台，溥儁登基。所以端王载漪等将爱国的口号喊得震天响，私底下却以售其奸。

慈禧太后首鼠两端。她当然也想让光绪下台，溥儁登基。但义和团真能抗击列强吗？这是一个问题。五月十二日，慈禧太后在仪鸾殿召开了御前会议，此前她已连续四次召开大臣、六部九卿会议讨论剿抚问题。无果。这一次的御前会议观点依旧针锋相对，结论依旧无果。忠于慈禧太后的力量和忠于光绪皇帝的力量胶着在一起，历史的脚步停滞了下来。

一个人开始铤而走险，准备有所作为。载漪。他在这个原本平淡无奇的夜晚制作了一份不平淡的文件——列强"归政照会"，从而改变了历史可能的前进脚步。这份通过秘密渠道送到慈禧太后手中的"归政照会"令她下定了决心。因为"归政照会"中有这样一条，"勒令皇太后归政（光绪皇帝）"。此后的形势急转直下。第二天，御前会议再次召开，慈禧太后宣布"我为江山社稷，不得已而宣战"。6月21日，清政府以光绪的名义，向英、美、法、德、意、日、俄、西、比、荷、奥十一国同时宣战，同时谕令各省督抚招集"义民"组团，以借力抵御列强。7月13日，八国联军分两路向天津城内发起总攻。7月14日，八国联军占领天津。8月14日，八国联军攻入北京——历史的残酷性至此清晰呈现，真可谓泾渭分明。

帝国在8月15日这一天尊严扫地。这一天清晨，北京城下着忧伤的细雨，打湿了一支千余人的队伍，他们中有慈禧、光绪以及载漪、溥儁、奕劻、善耆、载勋、载澜、载泽、溥兴、溥伦、刚毅、赵舒翘、英年等，还包括内监李莲英。一个王朝的家底就这么稀稀拉拉地出发了，他们行走在逃难的路上，直至傍晚，到达昌平。这一天，光绪皇帝和慈禧太后饥寒交迫。一份史料如此记载光绪皇帝和慈禧太后在这一天的狼狈行状："上及太后不食已一日矣，民或献蜀黍，以手掬食之。太后泣，上亦泣。时天寒，求卧具不得，村妇以布被进，濯犹未干。夜燃豆萁，人相枕藉而卧。"

狼狈的不仅仅是光绪皇帝和慈禧太后，还有整个京城。从这一天开始，北京城的狼狈难与人言。这是一种羞辱式的狼狈，也是尊严扫地的狼狈。它构成了帝国最深层次的灾难和创痛。八国联军进城以后，于8月28日在皇宫举行了阅兵式，俄军、日军、英军、美军、法军、德军、意军、奥军等合计3170人在天安门广场金水桥前集结列队，然后通过天安门、端门，再穿过皇宫，最后出神武门。现场有俄国军乐队吹奏各国国歌、乐曲，欢乐的气氛响彻云霄。随后，八国联军统帅、德军元帅瓦德西特许士兵公开抢劫三天，联军抢走北京各衙署存款约6000万两白银，而象征帝国礼仪尊严的鼓楼更鼓，则被日军用刺刀刺破。至于帝国统治阶层的尊严，更被踩在脚下：大学士倭仁的妻子已经九十岁了，被侵略军欺辱而死；同治皇后的父亲、户部尚书崇绮的妻子、女儿也在天坛这一神圣的场所遭到八国联军数十人的轮奸……英国人记载说："北京成了真正的坟场，到处都是死人，无人掩埋他们，任凭野狗去啃食躺着的尸体。"与此同时，清廷以光绪帝名义发布"罪己诏"，向列强政府赔礼致歉。9月25日，清廷屈从德国的意见惩处主战大臣，将10名王公大臣革处，并分别向德国、日本发出国电，对克林德、杉山彬之死表示哀悼和歉意。

帝国尊严扫地，北京已然沉沦，东北也不例外。这一年，俄国政府一面派兵参与进军北京的联军；一面调集十七万大军，兵分六路全面入侵东北。十月下旬，东北铁路沿线及主要城市，全部沦陷。这一年，俄国还制造了海兰泡惨案和江东六十四屯血案，宣布江东六十四屯归俄国管辖，不准已经逃离的中国居民重返家园——帝国的子民真正流离失所了，一如他们的国君，"西狩"西安。

……

1900年是光绪二十六年，这一年大清帝国256岁了，步履蹒跚，去日无多。光绪皇帝和慈禧太后"西狩"的时候，八国联军"当仁不让"地在京成立了"管理北京委员会"。帝国垂垂老矣，已然无可奈何。正是在这样的历史时刻，梁启超在《清议报》第35册上发表了《少年中国说》："……一朝廷之老且死，犹一人之老且死也，于吾所谓中国者何与焉。然则，吾中国者，前此尚未出现于世界，而今乃始萌芽云尔。天地大矣，前途辽矣。美哉我少年中国乎！壮哉，我少年中国……"梁启超发表此文的时间是1900年2月10日，正是春寒料峭时刻，也是有历史深意存焉的时刻。同样在这一年，梁启超致书孙中山，商谈两党合作事宜。陈少白则受孙中山之命在香港筹办《中国日报》。此后不久，清政府下令停止武科科举考试。而在遥远的俄国，一个名叫高尔基的人完成了《春天的旋律》这组文章，其中包括后人广为传诵的《海燕之歌》——新时代、新气息扑面而来，而在中国西安，清廷在许诺向列强赔款四亿五千万两白银之后，准备启程回京了。这时已经是两年后的1902年了，这一年其实跟往年一样，有很多人去世，也有很多人出生。值得注意的是有三个重量级的人物在该年出生，他们是物理学家周培源，数学家苏步青，文学家沈从文，这些人才华卓著，注定是影响时代的人物——但是很遗憾，他们与光绪王朝无关，而只属于未来。因为光绪朝经此一劫后，无可奈何地进入了倒计时……

五

　　1905年是光绪三十一年。乙巳。蛇年。在日本是明治三十八年，越南则是成泰十七年。这一年动静颇大，意大利卡拉布里亚发生了7.9级地震，约2500人丧生；印度肯拉发生8.6级地震，1.9万人丧生。这是自然界的不正常反应。虽然说地震年年有，可8级左右的大地震却还是极其罕见的，显示了这一年颇有凶险之兆。世事也是如此。在帝国内部，世事变迁时发出的呼啸声和断裂声时有耳闻。以中国为战场的日俄战争悍然进行，帝国宣布保持局外中立；9月24日，帝国派出考察立宪的五大臣在北京正阳门车站遭到自杀性炸弹袭击。一个叫吴樾的激进革命党人在写完《暗杀时代》一书后以自己的生命为代价实践了他的革命理念；12月8日，华兴会、中国同盟会会员陈天华，因反对日本《取缔清韩留日学生规则》而投海自尽。这一年，帝国拍摄了首部电影《定军山》，《申报》首次使用"记者"这个名词，孙中山在《民报》创刊词中首次提出"三民主义"。这些带有首创性质的事件应该说都是世事大变迁的象征，它们似乎预示了帝国令人不安的前景。就在这一片纷繁和喧嚣之中，一件带有根本性改变的事件悄然发生了，只是当时的人们并不清楚这其中的意味深长。正所谓"谁都不是千里眼，只是当时已惘然"。

它，究竟是一件什么事呢？

在江南水师学堂学习的周作人兄弟这一年为当水手还是做秀才而犹豫不决。因为有消息传来，说科举将废。此前一年也就是光绪三十年，帝国在开封举行了一次混乱不堪却又带着离愁别绪的会试。本来依常理，会试应在京师贡院进行，可京师贡院在庚子拳乱中毁于一旦，帝国将陋就简，把1904年的甲辰会试放在了开封。11866间房的考场，一人一间，将同等数量的考生在考场内关了3天3夜，吃喝拉撒睡全在其间，最后择出刘春霖、朱汝珍、商衍鎏三人为状元、榜眼、探花。会试期间，一度传出不和谐音，发生了举子闹考事件，考生们怀疑主考官有贪贿之嫌，再加上考场舞弊成风，一些清白正直的考生认为自己利益受损，便群起抗争，还击打了考官，使得甲辰会试匆匆收场。

事实上不管是匆匆收场还是从容收场，甲辰会试注定将成为帝国科举史上的绝响。第二年也就是光绪三十一年八月初四日（1905年9月2日），清廷颁布上谕："方今时局多艰，储才为急，朝廷以提倡科学为急务，屡降明谕，饬令各督抚广设学堂，将俾全国之人咸趋实学，以备任使，用意至为深厚……着即自丙午科为始，所有乡、会试一律停止，各省岁科考试亦即停止。其以前之举、贡、生员分别量予出路，及其余各条，均着照所请办理。"丙午科是原定于光绪三十二年举行的科考,上谕的发布标志着丙午科的科举考试不再举行,也标志着一个时代的终结。

从1905年科举废止,到6年后大清王朝终结,一个帝国的死亡路径实在是简捷得可以。在这个意义上说,帝国与科举的关系互为表里。皮之不存,毛将焉附。只是当时的帝国决策层没有这个深远的认识,抑或认识到了,也是无可奈何花落去,只能是且战且退了。

在读书人中,山西举人刘大鹏首先发现了问题的严重性——他们这些读书人的前途被阉割了。虽然清廷上谕要给"以前之举、贡、生员分别量予出路",可整个制度抛弃了他们之后,他们的前途和对帝国的忠诚也就一文不值了。这些人甚至失去了谋生能力。作为类似他刘大鹏这样的读书人,仕途之路被封死后原本还可以选择开馆授课,可现在科举既废,新式学堂如雨后春笋般出现,他的开馆授课就变得毫无市场了。所以刘大鹏感慨:"嗟乎!士为四民之首,坐失其业,谋生无术,生当此时,将如之何?"

当然,刘大鹏式的感慨帝国也不是毫无察觉。1906年3月9日,政务处奏:"现科举初停,学堂未广,各省举贡人数,合计不下数万人,生员不下数十万人……中年以上不能再入学堂。原奏保送优拔两途,定额无多,此外不免穷途之叹。"(见《光绪朝东华录》),御史叶芾棠也在一份奏折中指出科举废除后"士为四民之首，近已绝无生路"。"四民之首"已无生路可言，帝国还有生路吗？有鉴于此，御史胡思敬在随后不久主张恢复科举制度，以挽救危局。但是他的主张如石沉大海，在帝国决策层里得不到任何回响。的确，这是个两难选择，废止还是恢复科举制度，似乎都有无尽的凶险。

1905年的凶险可以说随处可见，这一年帝国的新军编练如火如荼，但是需要军官3万人以上。于是在全国36镇的编练队伍中，很多失意文人成为了职业军官。若干年后，这些职业军官成了袁世凯保定军校、蒋介石黄埔军校的军事冒险家，他们是乱世中国的命运主宰者，也是失去信仰和忠诚的一代。差不多与此同时，那些因为科举废止被迫出国留学的新式文人，则很快成了同盟会员，成了共和政治中的精英分子。这些人埋葬了传统的知识与道德，以决绝的暴力手段，为他们曾经幻想依附与效忠却又未遂的大清帝国献上一曲忧伤的挽歌。

所以还是在若干年后，美国学者罗兹曼在他的《中国的现代化》一书中不无感慨地写道："（大清帝国）废止科举划时代的意义超过了辛亥革命，其意义不亚于1861年沙俄政府的废奴和1868年日本明治维新后的废藩。"

六

瀛台是一个小岛，四面环水，坐落在中南海的南海里。中心建筑是涵元殿。很多年前康熙和乾隆曾经在此听政、赐宴，戊戌年后，它成了光绪生命中最后的归宿。

1898年到1908年，十年的光阴到底有多长？在光绪看来，长不过涵元殿那扇纸糊的窗户。冬天，窗户纸破了，也没人给补一补——这个小岛的主人到底不是光绪而是慈禧太后。光绪能做的只是写一些小诗，发一声感慨。他写"欲飞无羽翼，欲渡无舟楫"的诗句，发"我不如汉献帝！"的感慨，却是无人理睬。《三海秘录》记载："一日（帝）见小明轩屋角有蛛网，乃自起持竿挑去之，为宫监所睹，趋而相助，帝摇手示无须。"所以，瀛台岁月里的光绪做的不是皇帝，而是寂寞。"他是一个特殊的囚犯。他与自由之间只隔着几码的水域，可是这几码的距离却好比是几千英里，因为它是不可能逾越的……不幸的皇帝！当他没有什么可写的时候，他就坐在他牢房宽敞的阳台上，一坐就是好几个小时，向外眺望他失去了的世界，眺望西苑，眺望紫禁城；但是他哪个地方也不能去。囚室里的家具简陋到极点，再也找不出比这更简陋的了，而且还要经常挪动，以适应不同的需要。一张桌子，一两把椅子，几条破板凳——这就是光绪囚室中的全部陈设。"（见德龄《瀛台的囚徒——光绪》）光绪每天作为一个符号的象征被拉去陪太后上早朝，像木偶一样地活着，将一个乱世皇帝的落魄与无奈苟活得入木三分，令人印象鲜明。

但其实，他的心没有死。光绪囚禁期间在涵元殿内摩写《宋司马光谕人君用人之道》，跋文是："光绪丙午（1906）十月上浣录，臣全忠敬书。"另外光绪还在他手书的一些匾额斗方下款都写着"臣全忠敬书"。光绪以对慈禧太后称臣的方式曲折地表达他再次亲政的企图。这是他的机心，也是他的天真——光绪和慈禧玩机心，毫无疑问是天真之举——这个可怜的皇帝至死都未能走出瀛台。

当然，要证明光绪心没有死的证据还有很多。近代史学著名学者叶晓青在中国第一历史档案馆所藏内务府档案中偶尔看到的一份档案，为我们揭开了光绪帝最后岁月里的隐秘心迹。这是一份光绪三十三年和三十四年内务府的"呈进书籍档"，是内务府办理光绪帝索要的购书单的记录。上面记载着光绪帝朱笔所列的书目：《日本宪法说明书》《日本统计释例》《日本宪政略论》《译书提要》《驻奥使馆报告书》《孟德斯鸠法意》《政治讲义》《法学通论》《比较国法学》《政治学》……总共超过50种，这时离光绪帝去世只有半年。毫无疑问，这个帝王最后野心的沉默记录，它秘而不宣，却最终幻化为一声叹息，飘荡在历史的虚无空间里。

1908年的帝国对光绪帝或者光绪王朝来说一切意味着终结。这一年的六月，湖南、河南、江苏、安徽请愿代表纷纷到京，将一封封请愿书投进都察院，请求帝国速开国会。七月十七日，帝国查禁了积极鼓动开国会请愿的政愿社，企图杀一儆百，但效果适得其反。各省请愿来京师的人员简直络绎不绝。与此同时，湖广总督陈夔龙、两江总督端方、清驻德公使孙宝琦等也先后上奏，请开国会。帝国一时间陷入无可收拾的地步。这个时候，光绪已经卧床不起了。从三月到七月，210天的时间，给他诊治过的御医就有30多人，诊治记录达260次之多。他和他身后的帝国，似乎都处于最后的弥留状态。八月初一，帝国被迫颁布《钦定宪法大纲》，核准宪政编查馆拟定的九年为期，逐年筹备宪政，期满召开国会的方案，以还政于民；十月二十一日，光绪皇帝因心力衰竭而亡。他终于以死亡的代价，离开了那个囚禁他十年的瀛台，但是对于这个帝国，他却无所作为了。

慈禧太后也无所作为了。在光绪去世后第二天，她死于中海仪鸾殿，从而松开了掌控帝国近半个世纪的那双手。帝国突然间无人看守，强势人物袁世凯则被罢职回籍，他回到彰德后写下"楼小能容膝，檐高老树齐。开轩平北斗，翻觉太行低"一诗，窥测时机，准备东山再起。而在帝国以外的世界，一切依旧生生不息，日新月异。